SVLTO

Eine Art südländisches Narrenlexikon, eine Sammlung von 54 kleinen Novellen: unerhörte Vorfälle, seltsame Spiele und schrullige Gestalten.

Da soll der Dorfpolizist eine Prostituierte in Gewahrsam nehmen und nimmt sie statt dessen zur Frau. Wir erfahren auch, wie man mit Fliegenfang den Jackpot gewinnt. Oder wie ein hungriger Priester das Gesetz umgeht.

Von Puppenspielen und Kinobesuchen ist die Rede, von anarchistischen Hutmachern, und von Onkel Emanuel, der in einem gewaltigen Gewitter sein Boot verlor und darüber in ein nicht enden wollendes Gelächter ausbrach.

Lauter Menschen, die sich anders benehmen, als es vom Staat und seinen Erziehern vorgesehen ist.

Mit viel Sympathie blickt Andrea Camilleri auf seine Insel: Man möchte auf der Stelle hinfahren. Oder wenigstens so viel wie möglich darüber lesen.

»Ein Schriftsteller, der seine Leser verzaubert.«
GIUSEPPE CONTE, *Il Giornale*

Andrea Camilleri *Fliegenspiel*

Sizilianische Geschichten

Aus dem Italienischen von Moshe Kahn

Verlag Klaus Wagenbach   Berlin

Inhalt

Fliegenspiel

Das Gedächtnis versammelt Phantasiegestalten,
und je länger es bei ihnen verweilt,
um so phantastischer werden sie.

FRANZ BRENTANO

Mein Heimatort gehörte halb zum Festland, halb zum Meer. Sein Hinterland war so weitläufig, daß die Samen einer bäuerlichen Kultur Wurzeln schlagen und sich mit den Samen der stärker gegliederten und bewegten Kultur der Fischer und Seeleute vermengen konnten. Seit den Tagen meiner Kindheit ist natürlich vieles anders geworden, ob zum Besseren oder zum Schlechteren, bleibe dahingestellt. Aber gerade, weil sich so vieles verändert hat, unterliegen die Dinge der Gefahr, verlorenzugehen und auch im Gedächtnis zu verblassen. Daß ich einiges davon auf dem Papier festgehalten habe, verfolgt keine andere Absicht als die einer Notiz zum persönlichen Gebrauch. Auf keinen Fall möchte ich Vergleiche ziehen oder Bedauern auslösen.

Dem Buch habe ich ein paar Zeilen von Franz Brentano vorangestellt, dem Lehrer Husserls, des Vaters der Phänomenologie; sie sind nichts weiter als ein Alibi für mich, und zwar für das Auftreten des Phantastischen, dem ich hier und da gern den Weg geebnet habe.

Soweit es möglich war, habe ich die Namen, Orte und Situationen verändert, mehr konnte ich nicht tun, um Unwillen oder Kränkungen zu vermeiden. Allerdings kann ich nicht guten Gewissens behaupten, daß alles, was hier aufgeschrieben wurde, ausschließlich meiner Phantasiewelt entsprang. Vieles, beinahe alles wurde mir von denen erzählt, die die eigentlichen Autoren dieses Büchleins sind, die Mitglieder meiner Familie väterlicher- wie mütterlicherseits, die ich hier zitiere. Ihnen diese Geschichten zu widmen, käme mir, dem Aufschreibenden, allerdings ziemlich anmaßend vor.   A. C.

Die Kugel für Papa Dies ist die Beschreibung eines Vorgangs, der auf den ersten Blick uneigennützig und selbstlos aussehen könnte, in Wirklichkeit aber ziemlich einträglich ist. Gnazio Spidicato war Buchhalter im Unternehmen meines Großvaters, der Schwefelhändler war. Spidicato bekam ein sehr bescheidenes Gehalt, zu Hause warteten seine Frau und fünf kleine Kinder auf ihn, darunter Drillinge. Ganz fraglos mußte er Purzelbäume schlagen, um seine große Familie zu ernähren, und in der Öffentlichkeit rühmte er sich, daß er das auch konnte. Überall erzählte er herum, wie er sich sprichwörtlich das Brot vom Mund abspare, um es seiner Familie zu geben, und daß seine einzige Nahrung darin bestehe mitanzusehen, wie seine Familie zu essen habe.

»Und das heiter und fröhlich«, fügte er hinzu.

»Ich lasse mir ihnen gegenüber mein Opfer nicht anmerken.«

»Aber wie macht Ihr das nur?«

»Einfach so. Mir reicht ein Stück Brotkruste.«

Der Verdacht kam auf, daß es ihm gesundheitlich nicht gutgehen würde. Hingabe an die Familie ist zwar gut und richtig, aber so, wie Spidicato davon erzählte, hatte sie etwas von einem Aufopferungsritual.

Eines Tages kam Angelino Finocchiaro zufällig am Küchenfenster der Spidicatos vorbei, das im Erdgeschoß lag. Das war zur Mittagszeit. Was er da sah, machte ihn fassungslos, doch bevor er es herumerzählte, wollte er sichergehen und ging noch verschiedene andere Male vorbei, um die Szene zu beobachten, die immer die gleiche war. Danach erst erzählte er sie im ganzen Ort: Wenn sie zu Tisch gingen, setzte sich Spidicato ans Tischende, seine Frau saß in der Mitte, die Kinder zusammengerottet in der äußersten Ecke der Küche. Mitten auf dem Tisch befanden sich fünf hartgekochte Eier, eine Schüssel mit Gemüse und sieben Scheiben Brot. Wenn alle da waren, rief Spidicato:

»Die Kugel für Papa!«

Während seine Frau die Schüssel und eine Scheibe Brot nahm und zu essen anfing, standen die Kinder auf, rissen jedes ein Ei an sich, liefen wieder an ihre Plätze zurück, pellten die Eier, lösten das Eiweiß vom Dotter, richteten diese in Reih und Glied aus, und dann, wenn Spidicato »Los!« rief, schoß jedes von ihnen seinen Dotter mit einem Fingerschnipp in Richtung des Vaters, der ihn auffing und aß, so wie sie der Reihe nach angeflogen kamen. Dem ersten, der die Dotterkugel zu ihm rübergeschossen hatte, schmatzte Spidicato einen großen Kuß auf die Stirn. Das Spiel begeisterte die Kinder, die das Eiweiß behalten und essen durften.

So und so und so Onkel Totò war ein Mann von stattlicher Erscheinung, der ein ganz persönliches, langsames und deutlich ausgesprochenes Italienisch sprach, wie ein Orakel (etwa: »Das Geizen ist ein arges Laster«, oder: »In Catania gibt es eine Allee mit lauter Eichbäumen«). Unter seinen Kollegen von der Eisenbahn in Catania genoß er den Ruf eines Weisen, den das abgewogene und endgültig gesprochene Wort auszeichnete. Seine Frau, Tante Pina, war eine winzige Person, die ihren Gatten immer und immer wieder ekstatisch vergötterte. Einen Sommer verbrachten sie bei uns auf dem Land. Zwei Tage nach ihrer Ankunft, als wir am Mittag bei Tisch saßen, bat Tante Pina ihn um Erleuchtung, wie sie einen Brief an ihre Schwester schreiben solle, in dem es um eine sehr verwickelte Erbschaftsangelegenheit ging.

»Reden wir morgen darüber«, sagte Onkel Totò, »inzwischen denke ich darüber nach.«

Am nächsten Tag, als wir wieder bei Tisch saßen, fragte Tante Pina ihren Mann, ob er über den Ton nachgedacht habe, den der Brief bekommen sollte.

»Jawohl, liebe Frau«, sagte Onkel Totò in die unversehene Aufmerksamkeit der am Tisch Sitzenden hinein, »du mußt so und so und so schreiben.«

Und schwieg. Inspiriert von den drei »So« und strahlend, sprang Tante Pina auf, griff zu Feder und Papier, lief in ihr Zimmer und schloß sich dort ein. Der Satz wurde zum festen Bestandteil des Sprachgebrauchs in der Familie. Und wenn jemand von uns Rat bei den anderen suchte, um aus einer vertrackten Situation herauszufinden, war die erste, im Chor gegebene Antwort unweigerlich: »Du mußt das so und so und so machen.«

Wehr dich, Rinaldo! Dieser Satz gehört zu jenen wirklichen oder erfundenen Anekdoten, die man sich in der Welt der Puppenspieler, der Ritterpuppen und vor allem des Publikums erzählt, das vor langer Zeit eifrig ins Puppentheater ging. Die Episode soll sich in meinem Ort während einer Vorstellung des Kampfs zwischen Orlando und Rinaldo zugetragen haben, und zwar im Theater des Puppenspielermeisters Orazio. Irgendwann während des heftigen, aber fairen Kampfs zwischen den beiden Paladinen führte ein Unfall dazu, daß Rinaldos Schwert zerbrach und er Orlando völlig unbewaffnet gegenüberstand. Für wenige Augenblicke schien die Zeit in dem kleinen Theater stillzustehen: Orlando blieb mit erhobenem Schwert stehen, wagte es nicht, es in seinen Gegner zu stoßen, das Publikum hielt den Atem an, die Puppenspieler suchten angestrengt nach einem Ausweg aus der Situation, waren aber wie gelähmt. Und in diesem vor Spannung knisternden Augenblick flog ein Messer durch die Luft, durchquerte den Raum und bohrte sich mit der Spitze in die Bretter der winzigen Bühne, während gleichzeitig eine Stimme rief:

»Los, wehr dich, Rinaldo!«

Der, der das Messer geworfen hatte, war einer der stolzesten Anhänger Orlandos, nicht Rinaldos, wie man hätte vermuten sollen: Er wollte Rinaldo mit einer Waffe versehen, damit man niemals sagen könne, Orlando habe aus niedrigen Beweggründen die mißliche Lage seines Gegners ausgenutzt.

Und diesen Satz habe ich noch bis vor ungefähr zwanzig Jahren gehört, unter Leuten eines bestimmten Alters, wenn zwei Bauern oder zwei Fischer sich miteinander unterhielten: Einer der beiden war bereit, seinem Gegner neue Argumente zu liefern, wenn diese ihm ausgegangen waren, einfach aus Freude am Diskutieren mit gleichen Waffen. Und so schwebte die Argumentation, die ganz irdisch mit dem Preis für ein Kilo Sardinen oder dicker Bohnen angefangen hatte, seiltänzerisch in die Sphären reiner Dialektik empor.

Eine Figur   Wenn man von jemandem sagt, er würde sich *amminchiari,* bedeutet das im Sizilianischen, daß er sich auf eine Vorstellung versteift, die, vernünftig betrachtet, schwer zu stützen ist.

Das Fest des Heiligen Calogero berührt zuweilen während seines Verlaufs einsame Höhepunkte wirklichen Fanatismus. Es gibt sogar Menschen, die eigens aus Amerika anreisen, um an diesem Fest teilzunehmen.

Zu beiden Seiten der Hauptstraße werden an den Festtagen zahlreiche Stände aufgestellt. Als ich Kind war, bot einer dieser Stände kleine Statuen des Heiligen Calogero an. Sie waren aus Papiermaché oder Gips gefertigt. Einige von ihnen hatten an der Rückseite unten eine kleine Öffnung für eine Trillerpfeife. Einziger und unersetzbarer Eigentümer dieses Standes war Cosimo, der nicht nur ein gläubiger Anhänger des Heiligen war, sondern auch dessen hingebungsvoller Diener. Eines Abends, als das Fest in vollem Gang war, blieb Luzzo Agrò an dem Stand stehen.

»Schön, diese Figuren«, sagte er.

»Das sind keine Figuren«, antwortete Cosimo.

»Ach, nein?«

»Nein.«

»Ja, was sind sie dann?«

»Heilige Calogeros.«

»Aber doch in Form einer Figur.«

Cosimo zog es vor, nicht darauf einzugehen, aber Luzzo Agrò war ein geborener Provokateur. Mit dem Finger zeigte er auf eine der kleinen Statuen.

»Wie teuer ist diese Figur?«

»Das ist keine Figur. Fünfzig Cents.«

»Und die Figur hier?«

»Das ist keine Figur. Eine Lira.«

»Und die Figur da mit der Trillerpfeife?«

»Das ist keine Figur. Zwei Lire.«

»Und die große Figur da?«

Cosimo antwortete nichts. Er griff nach einem Knüppel, schoß hinter dem Stand hervor, und während er versuchte, Luzzo Agròs Kopf mit gewaltigen

Knüppelschlägen zu zertrümmern, schrie er wie ein Wahnsinniger:

»Der versteift sich drauf, das ist eine Figur! Der versteift sich drauf, das ist eine Figur!«

Schließlich endete alles in einem *schifio,* einer allgemeinen Schlägerei.

Wiegen und schaukeln Das ist die universelle Methode, um kleine Kinder zum Schlafen zu bringen. Aber ebenso universell ist die Überzeugung, daß eine Frau, die sich beim Gehen wiegt, öffentlich ihre dürftige Anständigkeit verkündet. Für einen Mann wird die Sache schon komplexer. »Ich habe den Bürgermeister um eine Gefälligkeit gebeten, und er hat mich ein Jahr lang ›gewiegt‹, ohne zu einem Ergebnis zu kommen«, bedeutet: er hat mich hingehalten, mich in der Hoffnung gewiegt, aber letzten Endes habe ich mich lächerlich gemacht. Wer erklärt, er sei »gewiegt« worden (wegen eines Heiratsantrags, wegen des Kaufs eines Stücks Land oder eines Boots, wegen einer Krediteinlösung), setzt sich der Gefahr aus, sich ein Selbstzeugnis über seine eigene Dummheit oder, im angenehmsten Fall, über seine Naivität auszustellen. Jedenfalls gebührt der Siegeslorbeer für das Wiegen immer dem, der es verstanden hat, einen anderen zu betrügen.

Im Büro eines sizilianischen Ministers habe ich selbst die Szene eines Bittstellers beobachtet, der eine Angelegenheit in eigener Sache vor dem Minister und seinem Sekretär vertrat. Warmherzig und mitfühlend versprach der Minister, sich persönlich um die Angelegenheit zu kümmern. Nachdem der

Sekretär (der selbstredend ebenfalls Sizilianer war) den Bittsteller zur Türe begleitet hatte, kehrte er zurück.

»Was sollen wir tun?« fragte er. »Kümmern wir uns unverzüglich um die Angelegenheit oder wiegen wir das *Bambineddru,* das Babylein, erst einmal?«

»Wiegen wir es erst einmal ein bißchen«, entschied der Minister.

Nun muß man wissen, daß das Wort *Bambineddru* bei uns ausschließlich für das Jesuskind verwendet wird und nicht für irgendein Baby; das würde *picciliddru,* Kleinchen, *carusu,* Kindchen, oder *addrevu,* Bübchen, genannt. Daß der Minister und sein Sekretär in diesem Zusammenhang aber von *Bambineddru* sprachen, bedeutete, daß sie den heiligen Ritus der politischen Empfehlung meinten, der sich unendlich lange hinzieht, sofern er nicht von beachtlichen Fegefeuernachlässen in Form von Gefälligkeitsbezeugungen der Gegenseite oder durch das Angebot einer konsistenten Zahl von Wählerstimmen verkürzt wird.

Der Weg des Palermitaners Was denn nun eigentlich der Weg des Palermitaners war, versuchte Totuzzo vergeblich den Einwohnern meines Heimatorts zu erklären. Er war der Trottel, den jeder Ort hat. Außerdem stotterte er, und das einzige, was man aus seinem immer wieder unterbrochenen, wüsten Gerede mitbekommen konnte, war, daß er den ganzen Weg des Palermitaners durchgemacht und ertragen hatte. Was das Ganze noch unverständlicher machte, war Totuzzos Angewohnheit, sich plötzlich, während des Sprechens, niederzubeugen, einen Stein von der Erde aufzuheben und ihn auf die zu schleudern, die ihm zuhörten. Manchmal war das Aufheben und Schleudern des Steins nur eine Finte, aber die Wirkung auf die Umstehenden blieb gleich. Dann stellte der Trottel sich hin und lachte scharf und schrill, wodurch er die Hunde in Aufregung versetzte. Die Wendung vom »Weg des Palermitaners« kam dann allgemein in Brauch, wenn eine unerklärliche Steuer erhoben, ein unerwartetes Verfahren eingeleitet oder ein aberwitziges Zertifikat zugestellt wurde.

Wie es auch einem meiner Freunde erging, der, nachdem er einen Auszug aus seinem Strafregister beantragt hatte, erfuhr, daß er zu einer fünfjährigen Gefängnisstrafe verurteilt worden war, und zwar zwanzig Jahre vor seiner Geburt. Mein Freund lachte darüber und dachte, er würde alles aufklären können, wenn er seinen Geburtsschein vorlegen würde. Aber so kam es nicht. Er brauchte ungefähr ein Jahr, bevor er die Bürokratie davon überzeugen konnte, daß ein Mensch unmöglich irgendwelche verbrecherischen Taten zwanzig Jahre vor seiner Zeugung begehen könne (oder vielleicht doch, aber dann wäre dies wohl in jedem Fall eine elegante Frage für Theologen und nicht für Bürokraten).

Tano Brucculeri war ein junger Mann, der noch nie über seinen Heimatort hinausgekommen war. Es war wohl in den vierziger Jahren, da mußte er nach Rom fahren, wegen einer beruflichen Angelegenheit. Er fuhr mit dem Zug in die Hauptstadt, doch in Neapel zwangen ihn zwei Polizisten zum Aussteigen, legten ihm Handschellen an, behielten ihn die Nacht über im Kommissariat, setzten ihn in einen anderen Zug, diesmal allerdings nach Triest, hielten ihn in Sicherheitsgewahrsam, schlugen ihn zusammen, dabei verlor er zwei Zähne, setzten ihn wieder in einen Zug, jetzt nach Mailand, schlugen ihn wieder zusammen, brachen ihm eine Rippe, schickten ihn in Handschellen und mit Hautabschürfungen nach Genua, warfen ihn ins Gefängnis und vergaßen ihn. Auf wundersamen Wegen gelang es seiner Familie, ihn ausfindig zu machen. Sie wandte sich an ein hohes Tier. Nach zwei Monaten kam er frei: Es hatte sich um ein banales Versehen gehandelt, so die Entschuldigung des Polizeipräsidiums. Fix und fertig kam er wieder nach Hause zurück, und wer ihn fragte, was denn eigentlich geschehen sei, dem antwortete Tano Brucculeri:

»Ich habe nichts begriffen. Ich weiß nur, daß ich den Weg des Palermitaners zurückgelegt habe.«

Pension Eva   So hieß das Freudenhaus meines Heimatorts, und so stand es auch auf einem blumengeschmückten Spruchband oberhalb des Türklopfers der immer und ewig halb offenstehenden Eingangstüre. Ich wußte, was eine Pension war, ich hatte einen meiner großen Cousins danach gefragt, der auf die Universität in Palermo ging: Eine Pension war etwas Besseres als ein Gasthof und etwas weniger Gutes als ein Hotel. In meinem Heimatort gab es einen Gasthof (Hotels gab es keine), der von Handelsvertretern und von Matrosen auf der Durchreise aufgesucht wurde, ein lebhafter Ort, der sich durch ständiges Rein und Raus und Hin und Her auszeichnete. Aber wie kam es dann, daß die Pension Eva, die am Ortsrand lag, direkt an der Mole, und wie frisch angestrichen aussah und die grün lackierten Fensterläden immer geschlossen hatte, tagsüber nicht die geringste Belebtheit zeigte? Diese Frage stellte ich mir, wenn ich das kleine zweistöckige Haus mit seiner Helligkeit, seiner Anmut, seinen Blumen auf den Fensterbänken ansah, das wirkte wie das Haus der guten Feen. Ich war damals sechs, und kurz darauf ging ich in die erste Grundschulklasse. Auf meine Fragen nach der Pension Eva antworteten meine Klassenkameraden, Kinder von Fischern, erschöpfend und ausführlich, sie gaben sogar Einzelheiten preis. Nur, daß ich überhaupt nichts begriff. So habe ich eines Tages, als wir an der Pension vorübergingen, meinen Vater, der mich an der Hand hielt, gefragt:

»Stimmt es, Papa, daß man in diesem Haus da drinnen nackte Frauen mieten kann?«

Das war alles, was ich von den Erklärungen meiner Klassenkameraden verstanden hatte.

»Ja«, sagte mein Vater.

»Und was macht man dann mit ihnen?«

»Man schaut sie an«, sagte mein Vater.

Die Antwort kam mir erschöpfend vor. Nur Gott wußte von meiner mich bereits verzehrenden Lust, die Röckchen meiner kleinen Freundinnen hochzuheben und nachzusehen, was sie darunter hatten. Als sich vor mir ein paar Monate später, beim Doktorspiel mit meiner kleinen Cousine, überaus zauberhafte Erkenntnishorizonte auftaten, hatten die »Großen«, die in die Pension Eva gingen, um sich in aller Ruhe die nackten Frauen anzuschauen, meine uneingeschränkte, neiderfüllte Zustimmung.

Onkel Emanuels Lachen beim Verlust seines Bootes Von Onkel Emanuel spricht man, wenn jemand über das Unglück anderer lacht, ohne zu ahnen, daß er selbst in irgendeiner Weise Opfer dieses Unglücks ist. Dies geht auf eine wahre Begebenheit zurück.

Am 15. Juli 1872 brach ein Sommergewitter von bis dahin nie gesehenen Ausmaßen los. Die Fischer rannten zum Hafen, um ihre Boote zu retten. Aber sie konnten es nicht mehr. Aus seinen Vertäuungen gerissen, wurde ein Boot nach dem anderen aufs offene Meer getrieben. Soweit kein Schaden. Die Boote würde man bei Tagesanbruch schon wieder einholen, sagten sich die Fischer. Ein Problem allerdings waren die aus dem Meer ragenden Felsen, denen mußten die Boote ausweichen. Im Licht der immer wieder niederfallenden Blitze sahen die Fischer erleichtert, daß fast alle Boote dieses Hindernis umschaukelt hatten. Nur ein Kaik, der schaffte es nicht und zerschellte an den Felsen.

Als von diesem Boot nur wenige Trümmer übriggeblieben waren, die an der Wasseroberfläche schwammen, brach Onkel Emanuel Mandracchia in langes schallendes Gelächter aus.

»Was gibt's denn da zu lachen?« fragte ihn einer der Fischer etwas gereizt.

»Ich lache«, antwortete Onkel Emanuel, »weil ich mir gerade das Gesicht des Eigners vorstelle, wenn er morgen früh merkt, daß sein Boot die Reise ins Nichts angetreten hat.«

Und natürlich war es Onkel Emanuel, der beim ersten Morgenlicht die bittere Entdeckung machte, daß es ausgerechnet sein Boot war, das die Reise ins Nichts angetreten hatte.

Auftauchen wie Turiddu Aiola mit dem Hintern voller Barben So bezeichnet man einen Mann, der besonderes Glück hat und für den sich selbst ein Unglück noch in Gewinn verwandeln kann. Ich weiß nicht, ob dieser legendäre Turiddu Aiola wirklich existiert hat. Jedenfalls erzählt man sich, er sei als viertes Kind einer bitterarmen Familie geboren worden, die in großer Not in einem *pagliaru* lebte, einer aus Stroh gebauten Hütte. Gerade eben der Mutterbrust entwöhnt, machte ein Brand ihn zum Waisen und geschwisterlos. Eine erbarmungsvolle Frau las ihn im wahrsten Sinn des Wortes von der Straße auf und gab ihm ein Dach über dem Kopf, ein Bett und täglich zu essen (was äußerst unwahrscheinlich gewesen wäre, wenn er sein Leben weiter mit den Seinen gefristet hätte, oder besser gesagt, wenn seine Familie ihr Leben weiterhin mit ihm gefristet hätte).

Nach dem Tod dieser Frau wurde Turiddu von den Erben aus dem Haus gejagt, die ihm allerdings ein paar Lire in die Hand drückten, damit er überleben konnte. Aber wie es in seinem Buch des Schicksals eingeschrieben war, wurde Turiddu ein paar Tage später bestohlen. Er hatte nicht einmal Zeit zu verzweifeln: Die Diebe wurden verhaftet, und Turiddu deklarierte vor der Polizei eine dreimal höhere Summe als die, die ihm gestohlen worden war. Die Polizisten glaubten ihm und gaben sie ihm zurück, wobei sie den Betrag aus dem sichergestellten Diebesgut nahmen. Mit achtzehn wurde er von der Kutsche eines reichen Herrn überrollt und brach sich dabei ein Bein. Der Herr entschädigte ihn sehr reichlich, und Turiddu konnte sich, gemeinsam mit zwei Kompagnons, ein Boot kaufen. Aus dem er eines schönen Tages ins Meer fiel und sich nur mit Mühe retten konnte.

Doch zwischen seiner Hose und seinem Hinterteil blieb, wer weiß wie, über ein Kilo heftig zappelnder Barben hängen, ein äußerst wohlschmeckender und sündhaft teurer Fisch.

Bak-Bak   Dies ist der aus dem Arabischen stammende Name einer Straße in Agrigent und der Name einer Person aus Luigi Pirandellos *Neuer Kolonie*. Als Girgentiner (Girgenti hieß die Stadt seit der Normannenzeit; davor, unter der Herrschaft der Araber, hieß sie Kerkent; Agrigentum bei den Römern und Akragas bei den Griechen; dann entschied Mussolini ein für allemal, daß sie die römische Form des Namens bekommen sollte) und gleichzeitig Portempedokler klaute Pirandello Namen von Orten und Dingen, ganz abgesehen natürlich von typischen Vor- und Familiennamen, um damit seine Figuren auszustatten. Er hat sich auch der *ngiurie* bemächtigt, der Injurien – worunter wir lediglich Spitznamen verstehen, die bei uns nichts Beleidigendes haben –, und machte sie zu Familiennamen: Als typisches Beispiel sei hier Rosario Chiarchiàro aus Patente genannt. Das *chiarchiàro* (blendend Helle) ist ein unwegsamer Ort, bestehend aus Steinen und Mohrenhirse: ein idealer Spitzname für einen, der Unheil bringt. Doch Achtung: Manche Familiennamen haben den Anschein, daß sie erfunden wurden, sind es aber nicht. Das ist der Fall bei Tararà, einer Konditorsfamilie, oder bei Zifara (ein Name aus dem Land von Don Lollò, der typisch für die Gegend der *giara* ist, wo ich als Kind Kichererbsen geklaut habe). Ziemlich merkwürdig verhält es sich im Fall der *Neuen Kolonie*: Die Namen der Figuren sind fast ausschließlich Spitznamen aus unserer Gegend. *Dia* bedeutet sowohl »wunderschön« (für eine Frau) als auch »Zauberin«; *Spera* kann der Heiligenschein sein, aber auch die Monstranz (und erinnert sei hier, daß Pirandello zu dieser Figur erläutert, in welcher Weise die Frau vor ihren Kunden zu erscheinen pflegt); *Crocco* ist der Haken; *Papìa* ist ein Tölpel; *Fillicò* ist ein Niemand, ein Schatten (und »zu Fillicò gehen« bedeutet, nirgends hingehen); *Burrania* ist ein hervorragendes, bitteres Kraut für Salate; *Trentuno* ist ein fanatischer Kartenspieler; *Ciminudù* besteht aus zwei Wörtern: *cimino* (Kümmel) und *dolce* (süß) und bedeutet Sesam; *Osso di seppia* (Tintenfischknochen) bezeichnet einen dürren Mann; *Quanterba* gebraucht man für die populäre Maske Giufà, wenn sie einen Haufen Geld vor sich sieht; *Riccio* ist der Name für den Seeigel, außen stachelig und innen süß; *Filaccione* leitet sich von *filaccio,* Franse, ab; *Pallotta* ist ein kleines dickes Kind; *Tobba* kommt von *toppa,* Flicken, (und wie oft geschieht es bei Pirandello, daß er Flicken auf den Kleidern seiner Figur haben will) und von »Tobias«, ein Mann von großer Geduld. Über Bak-Bak haben wir bereits gesprochen: Es bezeichnet einen Menschen, der in dieser Straße wohnt. Eine Schlüsselfigur trägt allerdings den Namen einer wirklichen Person: *Currao,* das ist der, der die Entrechteten und Heimgesuchten auffordert, auf die unbewohnte Insel zu gehen und dort die neue Kolonie zu gründen, ein Stück Erde, das auch wieder vom Meer verschlungen wird. Die Insel, die Pirandello meint, ist Ferdinandea, die vor Sciacca aus dem Meer aufgetaucht war und einige Monate später wieder verschwand. Der wirkliche Mensch hieß Giovanni Corrao, Kommandant der »Teresina«, der am 10. Juli 1831 das beängstigende Phänomen beobachtete und sich absolut klar darüber war, daß er Zeuge der Entstehung einer Vulkaninsel geworden war.

Säurestoß, Salzstoß, Hier geht es um vier Flüche, **Giftstoß, Blutstoß** die man, einen nach dem anderen, gegen jemanden schleudert, der einen beleidigt hat oder anderswie zum Gegner geworden ist. Sie folgen einer genauen hierarchischen Gliederung der Schwere des Falles und müssen daher ganz genau im Verhältnis zum erlittenen Schaden dosiert werden. Für etwas Leichtes, Verzeihliches wünscht man den »Säurestoß«, das heißt eine Nacht mit saurem Aufstoßen und Völlegefühl im Magen. Wenn jemand aber *àcitu* (Essig) statt *acìtu* (Säure) sagt, macht er es falsch. Denn der Essig diente, wie es scheint, einigen alten Palermitanerinnen zur Herstellung tödlicher Gifte. Ernster wird es da schon mit dem »Salzstoß«: Man wünscht dem Gegner eine Leberkrankheit an den Hals, die ihm alles Essen bitter wie Salz macht. Der »Giftstoß« muß nicht unbedingt tödlich ausgehen, aber unterschwellig soll er bewirken, daß die verfluchte Person, auch wenn sie sich durch irgendein Gegenmittel retten sollte, ihr Leben lang geschwächt bleibt. Der »Blutstoß« ist ein Fluch, der eine unheilbare Krankheit bewirken soll, der Blutsturz sollte zum allerwenigsten die Folge einer galoppierenden Schwindsucht sein. Um wirklich Wirkung zu zeigen, muß der Fluch bei einer Hexe bestellt werden. Die bekannteste in unserer Provinz war Tante Pitrina. Ihre Liebestränke waren unwiderstehlich, ihre Hexereien absolut sicher. An sie wandte sich eines Tages Signora Petrella: Pitrina sollte bewirken, daß ihr Gatte einen Säurestoß von mindestens einer Woche Dauer bekommen sollte, damit er seiner blutjungen Geliebten ein Weilchen fernbleiben müsse. Tante Pitrina tat es. Während der Nacht bekam Signor Petrella einen derartigen Säurestoß, daß er daran verstarb. Die Polizei deckte auf, daß er durch seine Frau vergiftet worden war, und diese zog Tante Pitrina ins Spiel, um sich selbst ein Alibi zu verschaffen oder gar die ganze Schuld auf sie abzuwälzen. Und so sah es auch das ganze Dorf und das gegen jede Evidenz: Signora Petrella war unschuldig, umgebracht hatte ihren Gatten die »Hexe«, die den einen Stoß mit einem anderen verwechselt hatte. Von diesem Augenblick an stürzte das wirtschaftliche Glück Tante Pitrinas ins Bodenlose.

Brotbelag So genannt, weil er dem Brot vielleicht half, besser »hinunterzurutschen«. Ich erinnere mich an Brotbeläge, die aus einem hartgekochten Ei bestanden, das in den Mund gesteckt und heil wieder herausgenommen wurde, damit die Zunge und der Gaumen nur einen ganz leichten Geschmack davon abbekamen, was ausreichte, um eine Scheibe Brot zu essen, oder aus einer Sardelle, die an einer Angelleine hing und zwischen einem Bissen und dem nächsten abgeleckt wurde.

Mein Großvater pflegte seinen Arbeitern eine Schüssel »Kleine Caponata« zu geben: Auberginen, Staudensellerie und Kapern in Tomatensauce gekocht, unter der Beigabe von ein paar Tropfen Essig. Sehr würzig zwar, wenn auch nicht besonders nahrhaft, aber das Brot ging runter, daß es eine Pracht war.

Tino Ciotta, der apollinische Sohn ärmster Tagelöhner vom Land, brachte die Tochter von Don Sasà, einem stinkreichen Landbesitzer, dazu, sich in ihn zu verlieben. Don Sasàs Tochter setzte Himmel und Erde in Bewegung, nur um ihren Tino heiraten zu können. Und am Ende konnte sie es. Sie hieß Fana und war eine schnurrbärtige Zwergin, ohne jede Anmut, aufbrausend und handgreiflich. Ein Jahr nach der Eheschließung kamen Don Sasà Gerüchte zu Ohren, wonach der Schwiegersohn, inzwischen reich geworden, sich den Genüssen des Lebens hingab, wenn auch mit absoluter Diskretion. Don Sasà rief ihn in sein Büro und sagte rundheraus:

»Laß uns die Dinge gleich klar aussprechen. Mir ist zu Ohren gekommen, daß du mehrere Geliebte hast.«

»Soll das ein Witz sein? Ich habe keine Geliebten.«

»Und was ist mit dem Weibsbild, die du dir in Girgenti, im Hotel Pace, hältst? Ist sie nicht deine Geliebte?«

»Die? Meine Geliebte?! Wieso denn Geliebte? Sie ist der Belag dafür, daß ich Tag für Tag dieses trockene Stück Brot, das deine Tochter ist, hinunterschlucken kann.«

Cecè Cecè ist die Verkleinerungsform von Vincenzo. Cecè ist auch die Hauptfigur des gleichnamigen Einakters von Pirandello, des hervorragenden Porträts eines jungen Draufgängers, außerordentlich sympathisch und unverschämt unbeholfen, dem es gelingt, die begehrteste Frau von Rom zu besitzen und an der Nase herumzuführen. Mein Urgroßvater mütterlicherseits, Giuseppe, besaß ungefähr zwei Kilometer außerhalb des Ortes eine Villa, in der es Billard gab, Pferde, Kutschen, eine geweihte Kapelle, eine riesengroße Küche und einen entsprechenden Koch. Die Villa hatte einen von hohen Mauern umgebenen Patio (gut für Duelle geeignet) und eine *passeggiata,* eine Promenade, von einem halben Kilometer, das heißt einen Gehweg, von eisernen

Bögen bekrönt und mit Drahtaufspannungen versehen, die ganz und gar mit kleinen weißen Rosen
übersät waren. Zu beiden Seiten des Gehwegs Obstbäume: Orangen, Zitronen, Mandarinen, riesige
Kaskaden von Jasmin. Dies war das Lieblingsziel
berühmter Persönlichkeiten aus dem Ort und aus
Agrigent, wie etwa Nicolò Gallo, Rechtsanwalt, Professor für Ästhetik und Bildungsminister, die weithin
bekannten Rechtsanwälte Xerri und Fiandaca, Giuseppe Malato, dem künftigen Bürgermeister und Politiker und viele andere. Als ich dem Jugendalter ent-
wachsen war, befand sich die Villa bereits in Verfall.
Meine Familie war in den wirtschaftlichen Ruin ge-
stürzt, genauso wie die Pirandellos und die Portola-
nis (Antonietta Portolani hatte Luigi Pirandello geheiratet). Ich war bereits verheiratet, hatte zwei Kinder und ging seit langem schon in Rom meinem
Beruf als Regisseur nach. Als ich in einem Sommer
zurückkehrte, um Tanten und Onkel zu besuchen,
die noch in der Villa wohnten, bemerkte ich, daß der
schmiedeeiserne Lüster im Wohnzimmer ziemlich
wertvoll war (so etwas passiert auch mit Menschen
und Dingen, die man immer schon kannte, aber dann
kommt der Augenblick, in dem man sie plötzlich
»erkennt«). Tante Elisa wurde auf meinen interessier-
ten Blick aufmerksam:

»Der ist schön, nicht? Pepè Malato hat ihn Großvater geschenkt, und Pirandello hat Pepè in seinem
Theaterstück dann Cecè genannt.«

»Was erzählst du da?«

»Hast du das denn nicht gewußt? Giuseppe Ma-
lata, der von allen Pepè genannt wurde, erzählte Pirandello eine Geschichte, die er in Rom erlebt hatte,
und Pirandello machte daraus ein Theaterstück, nur
daß er aus Respekt den Namen Pepè in Cecè verwandelt hat.«

Über diese Sache wollte ich mehr erfahren. Ich

befragte einen damals noch lebenden Freund Pirandellos, einen Arzt, der jede Einzelheit bestätigen
konnte: Pepè Malato, ein außergewöhnlich sympa-
thischer Mann von beeindruckender Erscheinung,
war der Bürgermeister des Ortes und reiste gelegentlich nach Rom, um sich in das zu stürzen, was man
seit Fellini »La dolce vita« nennt. Er hatte ziemlich
viel angestellt, aber eine Sache inspirierte Pirandello
besonders. Die Bestätigung, daß Cecè und Pepè iden-
tisch waren, löste bei mir augenblicklich Verwirrung
aus, als ich mich an ein Ereignis erinnerte, das sich
mindestens zwanzig Jahre zuvor zugetragen haben
mußte. Es war das Jahr 1943, die Amerikaner waren
gerade auf Sizilien gelandet, und wir Sizilianer litten
noch unter großem Mangel an vielem, auch an Klei-
dung. Hemden ebenso wie Unterwäsche wurden aus
Fallschirmseide geschneidert, Kleidungsstücke wurden gewendet, konnten den Verschleiß aber nicht
verbergen. Eines Tages haben wir den Dachboden
des Hauses meines Freundes Ciccio nach alten Illu-
strierten durchstöbert und stießen auf eine große
Koffertruhe, auf der ein Zettel mit der Aufschrift
klebte: »Kleidungsstücke von Pepè Malato«. Wir öffneten sie und entdeckten Anzüge aus teurem, wei-
chem englischem Tuch. Sie waren untadelig erhalten.
Wir zogen sie an, aber sie waren uns zu groß. Wir
verschlossen die Koffertruhe wieder, nachdem sich
jeder von uns eine Weste unter den Nagel gerissen
hatte. Und diese Weste, umgearbeitet auf meine
Maße, trug ich ungefähr drei Jahre. Ja, so war das:
Ohne es damals zu wissen, hatte ich ein Kleidungs-
stück von Pirandellos Theaterfigur getragen. Sehr
viel später wurde ich engagiert, um *Cecè* für das
Fernsehen zu inszenieren. Das Stück wurde gesen-
det, und ein Kritiker des *Corriere della Sera* schrieb
mir – versehentlich (oder, aufgrund seiner Unkennt-
nis, leicht verständlich) – die Autorschaft an diesem

Text zu. Als Autor verriß er mich, er fand die Sprache veraltet, die Geschichte dramaturgisch infantil, lobte mich aber als Regisseur, er wollte sogar deutlich unterstreichen, in was für einer dramatischen Situation sich ein Regisseur befinden müsse, der sich, trotz des von ihm geschriebenen miserablen Textes, aus der Affäre zu ziehen verstehe. Offensichtlich, aber das wußte er nicht, bezahlte ich, auf borgesähnlichen Umwegen, die Zeche dafür, daß ich eines von Cecès Kleidungsstücken getragen, daß ich mich pirandellianisch mit dieser Theaterfigur identifiziert hatte, so daß ich, nach Ansicht eines Dritten, auch noch für den Autor des Stücks gehalten werden mußte.

Chi nicchi e nacche Unübersetzbar, nur in unserem Dialekt existent. *Chi nicchi e nacche* sagt man dann, wenn jemand einen Gedanken ohne Sinn und Verstand entwickelt. Die Redewendung wird in der ganzen Provinz von Agrigent gebraucht und fand ihre wahrscheinlich perfekte Anwendung an einem Samstagabend des Jahres 1936.

Der faschistische Verbandsführer De Magistris wollte beweisen, wie klassenübergreifend der Faschismus sei. Damit folgte er Befehlen von oben, und dazu hatte er den blendenden Einfall, in der Turnhalle einer Schule meines Heimatorts einen Tanzabend zu veranstalten. Er lud Reiche und Arme ein, Rechtsanwälte und Hafenarbeiter, Geschäftsinhaber und Straßenkehrer, Ärzte und Fischer. Selbstverständlich mit den jeweiligen Ehefrauen. Niemand wagte es, diese Einladung abzulehnen, denn sie hatte den Ton eines Befehls. In der girlandengeschmückten und mit Fähnchen ausstaffierten Turnhalle fand sofort eine natürliche Auswahl statt: Die Bürgerlichen gruppierten sich auf der einen und die Proletarier auf der anderen Seite, alle mit langen Gesichtern, keiner hatte Lust, sich bei einem interklassistischen Tanz zu vermischen (und, um der Wahrheit die Ehre zu geben, am allerwenigsten die Proletarier). Unter den Klängen der Faschistenhymne *Giovinezza,* die ein kleines Orchester recht und schlecht herunterspielte, traf der Verbandsführer ein, und gleich, mit der für die faschistischen Hierarchen typischen forschen und schleunigen Art, eröffnete er die Tanzveranstaltung und holte sich dafür eine Frau aus dem Volk. Das Unglück wollte es, daß er sich Rosina Trupìa ausgesucht hatte, eine Frau, die stundenweise im Haushalt hilft und in unserem Städtchen für ihr Latein bekannt war, allerdings nicht das von Cicero. Wenn wir sagen, jemand spricht Latein, bedeutet das, daß der Betreffende kein Blatt vor den Mund nimmt. Rosina Trupìa sah den halb nach vorne gebeugt vor ihr stehenden Verbandsführer in seiner Uniform kalt an und platzte dann laut heraus:

»Erstens und allererstens kann ich überhaupt nicht tanzen, und dann: *Chi nicchi e nacche?* Was für einen Sinn soll das eigentlich haben, mit Euch zu tanzen?«

Der Verbandsführer brauchte keine Übersetzung, er verstand auf der Stelle, und kurz darauf löste sich das Fest auf.

Bauernregen Darunter versteht man einen ganz leichten, feinen Regen, einen Nieselregen fast, der unablässig niedergeht, ohne daß man ihn eigentlich als Regen definieren könnte. Und daher macht der Bauer unter diesem Regen auch unverdrossen mit dem weiter, was er gerade tut: Bäume beschneiden, Erde hacken, säen, häufeln, auch wenn er abends bis aufs Mark durchnäßt nach Hause kommt. Einmal sah ich zu, wie ein Tagelöhner meines Großvaters, Minico, der mich schon in meiner frühesten Kindheit verzauberte, wenn er mir unheimliche Brigantengeschichten erzählte, unter einem plötzlich herniederprasselnden Gewitter die Erde aufhackte. Er war ganz ruhig und pfiff eine Melodie dabei. Als ich ihm sagte, er solle sich doch unterstellen, antwortete er:

»So hab ich mir meine Schwielen angearbeitet«, was bedeutete, daß er sich in einem langen Leben daran gewöhnt hatte. Weil er immer und immer wieder, jahraus, jahrein unter diesem feinen Nieselregen geackert hatte, war er gegen Stürme und Gewitter, gegen Orkane, ja sogar noch gegen die Sintflut gefeit.

Wer Päckchen in die Hölle befördern muß, wende sich an den eben verstorbenen Padre Arnone So sagte man, wenn der Tod eines Menschen bekannt wurde, der sein Leben damit zugebracht hatte, Böses zu tun. Die vier Brüder Arnone waren wahre Riesen und mit einem legendären Appetit gesegnet. Drei von ihnen kümmerten sich um die Felder, der jüngste, und das hatte man nie ganz verstanden, wollte Priester werden. Sie lebten in einem Ort, der von unserem ziemlich weit weg lag, und waren entfernte Cousins meines Großvaters. Meine Großmutter mütterlicherseits erzählte mir, daß die drei Brüder einmal abends unerwartet bei ihnen auftauchten und baten, bis zum nächsten Tag Gast bei ihnen sein zu dürfen. Bevor sie zu Bett ging, fragte meine Großmutter ihren Mann, was sie seinen Cousins denn am nächsten Morgen zum Frühstück herrichten sollte.

»Laß ihnen zwölf hartgekochte Eier und drei Kilo Brot herrichten.«

Meine Großmutter fand nur unter Mühe Schlaf. Immer wieder fragte sie sich, wie es nur möglich sei, vier Eier und ein Kilo Brot am frühen Morgen zu essen. Dann schlief sie ein. Plötzlich fühlte sie, wie mein Großvater sie rüttelte, und ihr voller Sorge genauer erklärte:

»Für jeden! Für jeden! Zwölf hartgekochte Eier und drei Kilo Brot für jeden!«

Der Priester war keineswegs besser als seine Brüder. Nur daß er auch noch in anderer Weise unersättlich war. Neben seiner Nase hatte er eine große Warze, und viele Kinder, die auf den Straßen spielten, hatten eine kleine Warze an der gleichen Stelle, sozusagen ein Manufakturzeichen. Bei ihm zu beichten war, als würde man auf sich selbst schießen: Sexuelle Geheimnisse posaunte er entweder aus oder er zog seinen eigenen Vorteil daraus, und bei Geldmauscheleien gelang es ihm immer, irgendwie mitzumachen und seinen eigenen Profit sicherzustellen.

Viele Jahre nach dem Tod meines Großvaters fand ich unter seinen Papieren ein Telegramm von Padre Arnone. Darin stand: »Cavaliere Friscia letzte Ölung erteilt stop schließen Sie mich in Ihre Gebete ein stop Cousin Arnone.«

Einiges war mir dabei nicht klar: Wieso wurde der Todeskampf des Cavaliere Friscia mitgeteilt, und wieso hätte mein Großvater für den Priester beten sollen und nicht, was doch logischer gewesen wäre, für den sterbenden Cavaliere? Nun war aber mein

Großvater schon lange tot, und so bat ich die Großmutter, mir das zu erklären.

Sie erzählte mir, daß die Kinder des Cavaliere
ihren kranken Vater abgeschieden in einem geson-
derten Zimmer hielten, damit keiner erfuhr, wann er
starb: Aufgrund einer verwickelten geschäftlichen
Angelegenheit hätte der Großvater, wenn er sofort
vom Ableben Friscias erfuhr, einen Nutzen daraus
gezogen. Indem also Padre Arnone ihn sofort über
den Tod Friscias verständigte, konnte der Großvater
seine Ansprüche an dem Geschäft erheben, und die
Gebete waren nichts anderes als die Forderung Padre Arnones nach seiner Beteiligung am Gewinn.

Als sich die Nachricht verbreitete, Padre Arnone
habe den Löffel geschmissen, hatte einer der vielen,
denen der Priester Unrecht zugefügt hatte, einen ge-
nialen Einfall. Er bezahlte den Gemeindeausrufer,
damit der in den Straßen des Ortes verkündete: »Wer
seinen Familienangehörigen in der Hölle ein Päckchen zukommen lassen will, der soll die Gelegenheit
augenblicklich nutzen, Padre Arnone ist tot.« Denn
wohin es mit Padre Arnone im Jenseits ging, darüber bestand kein Zweifel.

»Wer seid Ihr?« fragte ich ihn. Dieser Kurzdialog
»Ich bin ich«, antwortete er mir. von gerade mal
zwei Sätzen, wird
(oder besser gesagt: wurde) fast immer ausschließlich auf die Frage beschränkt, die Antwort des Ge-
sprächspartners sparte man aus. Sie wurde zitiert,
wenn man die Erzählung über eine offenkundige An-
geberei, eine vorgetäuschte mutige Tat glossieren
wollte.

Von Don Cocò Lauritano hieß es im Ort, er sei »ein Mann des Bauches«, was bei uns bedeutet, daß jemand bereit ist, sich furchtlos gefährlichen Situationen zu stellen. Doch niemand hatte ihn je dabei beobachtet. Im Gegenteil, als er einmal eine unverschämte Szene zwischen irgend jemandem und einem ziemlich heruntergekommenen Behinderten beobachtete, zuckte er mit keiner Wimper und trat nicht dazwischen.

»Ich hatte Zahnschmerzen«, erklärte er einmal als Antwort auf eine Frage, die ihm, in Anbetracht seines Ansehens, niemand zu stellen gewagt hatte. Seine vermeintliche Furchtlosigkeit wurde von ein paar Jungen jedoch gründlich in Frage gestellt. Sie hatten beschlossen, ihn auf die Probe zu stellen.

Don Cocò wohnte in einem abgelegenen Haus auf den Feldern am Hügel. Auf dem Weg, der zu seinem Haus führte, stellte sich, als es schon dunkel geworden war, einer dieser Jungen auf, mit langem Überwurfmantel, ins Gesicht gezogener Schiebermütze und einer Flinte in den Händen. Die anderen hielten sich geduckt. Wie nun Don Cocò, der auf dem Weg zu seinem Haus war, in Schußweite geriet, tauchte der Junge aus dem Dunkel auf und rief mit tiefer Stimme Don Cocòs Namen. Don Cocò machte einen Satz, rannte ins Haus, verriegelte sich dort und wagte es die ganze Nacht über nicht, das kleine Fenster zu öffnen, vor das er sein Abendessen hingestellt hatte. Am nächsten Tag erzählte Don Cocò im Ort, daß er abends zuvor irgend jemanden mit einem Gewehr angetroffen habe, auf ihn zugegangen sei und ihn gefragt habe, wie er heiße. Auf die arrogante und provozierende Antwort des anderen (»Ich bin ich«) habe er ihm ein paar Backpfeifen versetzt. Daraufhin sei der Unbekannte eilig davongestürzt.

Von da an hatte man sich jahrelang über ihn lustig

gemacht, doch dann konnte er seinen Makel eines Tages wieder abwaschen, als er bei einer Überschwemmung zwei kleine Kinder und mehrere alte Menschen rettete.

»Ich«, so gestand er dann, »habe zwar Angst vor Menschen, nicht aber vor guten Werken.«

Mit so einem Körper? Eine ironische Antwort in Form einer Frage seitens dessen, der beschuldigt oder auch gelobt wurde, irgend etwas Außergewöhnliches vollbracht zu haben. Das galt insbesondere für den, der den Ruf besaß, Glück in der Liebe zu haben. Doch ursprünglich war die Frage unter ganz anderen Umständen entstanden.

Gegen Ende des Jahres 1920 wurde in meinem Heimatort ein Streik der Hafenarbeiter ausgerufen, der sich rasch auf andere Bereiche ausweitete und schließlich dramatische Entwicklungen annahm. Am Ende landeten an die zehn Personen im Gefängnis. Und wer weiß warum, ein stillschweigender Pakt zwischen Polizei und Staatsanwaltschaft legte fest, daß ein gewisser Emanuele Lauricella der Sündenbock sein sollte, der zwar an den Demonstrationen teilgenommen hatte, aber ganz sicher nicht an vorderster Front.

Der Prozeß fand in Agrigent statt und wurde aufmerksam verfolgt, zumal die bedeutendsten Köpfe sowohl auf der Ankläger- wie auf der Verteidigerseite aus ganz Italien hier zusammengekommen waren. Getreu dem Pakt begann der Staatsanwalt, ein Redner von bestechender, von donnernder Rhetorik, mit der Behauptung, daß einer und einer allein der Verantwortliche war, der Engel des Bösen, der alle zum Streik überredet hatte, der die Schwefellager in Brand gesteckt, die Steinsalzschuppen zerstört, die Handelsbüros verwüstet, der Barrikaden errichtet, auf die berittenen Carabinieri geschossen, der eine Heereseinheit in Bedrängnis gebracht, der die Anführerschaft für das Entern eines Schiffes übernommen hatte. Ein ruheloser Mann, von außergewöhnlichen Körperkräften, von unbezähmbarem Willen, ein zweiter, wieder auferstandener Coriolan della Floresta (das war der Volksheld eines Romans von William Galt, mit bürgerlichem Namen Luigi Natoli, denn zu dieser Zeit wußte man noch nichts von einem Robin Hood).

»Dieser Engel des Bösen«, schloß der Staatsanwalt sein Plädoyer theatralisch ab, »hier steht er vor Ihnen, er heißt Emanuele Lauricella!«

Und er zeigte drohend mit dem Finger, als wäre dieser eine Pistole, auf den Angeklagten. Während sich das ganze Publikum umdrehte, um ihn anzusehen, sprang Emanuele auf und wurde zusehends kleiner. Denn Emanuele Lauricella konnte man nun wirklich nicht als Engel, zumal des Bösen, bezeichnen. Er war klein wie ein Zwerg, hatte so krumme Beine, daß er nur schwerfällig gehen konnte, war vorne und hinten bucklig. Bei seinem Anblick verschlug es den Anwesenden für einen Augenblick die Sprache: Die vom Staatsanwalt geschilderte Figur stimmte in keiner Weise mit dem Mann überein, der da vor ihnen stand. In diesem Augenblick sah Emanuele das Publikum an, hob eine Hand vor seine Brust und deutete auf sich selbst, lächelte traurig und sagte, zum Staatsanwalt gewandt: »Mit diesem Körper?«

Eine Woge der Heiterkeit erfaßte den Gerichtssaal, und der Prozeß verlief nun endlich so, wie es sein sollte und wie es nicht abgesprochen war.

Das Gesetz verkünden Meine Generation wurde von Alfredo Dina im Verkünden, wenn nicht gar in der Anwendung des Gesetzes erzogen. Um welches Gesetz es sich dabei allerdings handelt, ist ziemlich schwer zu erklären. Alfredo Dina, als Mensch ordentlich, mit blitzschnellen Augen und einem schüchternen, gleichzeitig aber auch ironischen Lächeln, war total verrückt. Er liebte es, sich mit dieser Formel vorzustellen: »Alfredo Dina, Syphilitiker im dritten Stadium.«

Wohlerzogen und herzlich, stieg er hin und wieder während des Tages auf eine Stufe oder einen Erdhügel, und von da aus »verkündete er das Gesetz«. Sofort war er von einer Schar von Zuhörern umgeben. Besonders groß unter ihnen der Anteil von Studenten. Von diesem Gesetz hörte man im allgemeinen lediglich den ersten, mit gewaltiger Stimme verkündeten Absatz:

»Erstens. Auf der Erdachse lebt man aufgrund von Regeln, Vorschriften und Einrichtungen.«

Der Rest verlor sich unter den Fragen, die unmittelbar darauf an Alfredo gerichtet wurden, und man kam sich vor, als würde man an einem jener Schauspiele teilnehmen, die man heutzutage im Fernsehen verfolgen kann, wenn Journalisten einen wichtigen Politiker belagern, um ihm eine Erklärung zu entlocken.

»Alfredo, wer ist der reichste Mann der Welt?«

»Der reichste Mann der Welt ist Alfredo Dina. Dann kommt Signor X, Handelsherr, dann Signor …«

Und dann folgte eine ganze Reihe völlig richtig getroffener Namen von reichen Bewohnern unseres Ortes.

»Und wer ist der dümmste Mann der Welt?«

»Der dümmste Mann der Welt ist Alfredo Dina.

Dann kommt Signor Z, der Gemeindesekretär, dann kommt …«

Und es folgten, in strenger Abfolge, die dümmsten Männer unseres Ortes, und die dümmsten waren sie wirklich.

Die Welt lag für Alfredo Dina innerhalb der Grenzen unserer Gemeinde. Er stand immer an erster Stelle, im Guten wie im Schlechten. Und wenn bedeutende Forscher auf diesem Gebiet bestätigt haben, daß Größenwahn eine Folge der Syphilis sei, dann mußte Alfredo Dina wirklich die Syphilis haben. Manchmal nahmen die Fragen eine gefährlichere Richtung.

»Alfredo, wer hat den schönsten Hintern der Welt?«

»Der schönste Hintern der Welt ist der von meiner Schwester, Fernanda Dina. Danach kommt der von Signorina Y, die aber einen viel zu runden hat, danach kommt …«

Und auch hier traf er immer ins Schwarze. Oft wurde die Liste abrupt unterbrochen, weil der Vater, der Bruder oder der Verlobte eines der genannten Mädchen dazwischenfuhr und Prügel nach allen Seiten austeilte. Über Jahre, Jahrzehnte verkündeten wir so das Gesetz, auch nachdem Alfredo viel zu früh verstorben war. Ein Gesetz, das nichts und alles bedeutete. Wir sagten laut: »Jetzt verkünden wir das Gesetz«, und das bedeutete: in die Schule oder zum Tanzen gehen, Spaziergänge machen, lieben, schlafen gehen, essen, heiraten, Kinder zeugen oder einen unserer Lieben zum Friedhof begleiten. »Das Gesetz verkünden« war schließlich gleichbedeutend mit dem alltäglichen Leben. Dann, als wir erwachsen und Familienväter geworden waren, wurden wir uns endlich bewußt, daß Alfredo Dina in all seinem Wahnsinn durchaus etwas Richtiges und Wahres gesagt hatte.

Wo findet Ihr einen Kopf für diesen Hut? Das sagt man, wenn die Teilnehmer an einer Verhandlung ein Patt erreichen, aus dem man nur schwierig herauskommt.

In seiner Novelle *Die Padovaner Mütze* beschreibt Pirandello einen Hutverkäufer namens Cirlinciò, und das, so Pirandello, ist der Name eines täppischen Vogels. Mir ist weder bekannt, noch bin ich in der Lage zu verstehen, wieso ein Vogel täppischer sein sollte als ein anderer.

Die Figur in dieser Novelle ist allerdings durchaus keine bloße Erfindung: In meinem Heimatort haben die Cirlinciòs von jeher Hüte, Schiebermützen und normale Mützen verkauft. Der, den ich kennengelernt habe, war mit Sicherheit nicht täppisch, im Gegenteil, er war ein schlagfertiger Mann, dessen Antworten immer ironisch waren und saßen. Und er war in der Lage, den Verkauf einer Schiebermütze zu dem zu machen, was man heutzutage eine Show nennen würde, sofern ihm der Kunde dafür auch nur ganz leicht seine ungeschützte Flanke bot.

Die drei oder vier ihm treu ergebenen Freunde verbrachten ihre freien Stunden üblicherweise in seinem Geschäft. Sie setzten sich in eine Ecke, die wie ein kleiner Salon gestaltet war, ließen Getränke und Espressos von der Bar nebenan kommen und waren ganz darauf eingerichtet, sich dem Vergnügen hinzugeben.

Eines Tages kam ein Bauer in das Geschäft, und schon an der Art, wie er grüßte und sprach, war klar, daß er aus einem Dorf im Inneren der Insel kommen mußte, und ebenso klar war, daß er das auserwählte Opfer sein würde.

Er verlangte nach einem Hut. Und dieser Wunsch setzte alle in Erstaunen, denn der Mann hatte einen riesigen Kopf. Nach menschlichen Maßstäben war es nicht vorstellbar, daß ein Hutfabrikant an ein derart außerhalb aller Proportionen liegendes Maß gedacht haben konnte. Cirlinciò aber, der in den hinteren Raum seines Geschäfts gegangen war, kam mit einem Hut zurück, der dem Bauern genau paßte.

»Wieviel kostet er?« fragte der Kunde.

Cirlinciò nannte einen völlig übertriebenen Preis. Ohne ein Wort zu sagen, legte der Bauer den Hut auf den Ladentisch und war im Begriff wegzugehen.

»Aber wo findet Ihr denn noch mal einen Hut für diesen Kopf?« hielt Cirlinciò ihn spöttisch lächelnd auf.

Der Bauer blieb stehen und drehte sich um.

»Und wo findet Ihr denn noch mal einen Kopf für diesen Hut?«

Er bekam den Hut dann für einen vernünftigen Preis.

Gesicht zeigen Gesicht zeigen bedeutet: Jemanden mit heiterem Gesicht empfangen, ihn mit großzügiger, herzlicher Gastfreundschaft aufnehmen.

Die erste Frage, die einem Familienmitglied nach seiner Rückkehr von einem Besuch bei weit entfernt lebenden Verwandten gestellt wird, lautet: »*Ti nni ficiru facci?* Haben sie dir Gesicht gezeigt?«

Und aus der Antwort legt man sehr genau die Art des Empfangs fest, der dem anderen Familienmitglied im Fall eines Gegenbesuchs vorbehalten wird. Schweigt man zur Antwort, ist das weitaus schwerwiegender als eine negative Antwort, es bedeutet: Die Bande werden abgebrochen, und bei nächster sich bietender Gelegenheit werden Vorhaltungen gemacht.

Als in der Nachkriegszeit die ersten freien Wahlen

stattfanden, wurden in einem benachbarten Dorf meines Heimatortes keine Teilnehmer an Wahlkundgebungen zugelassen, die nicht der Partei der örtlichen Mafiabosse, selbstredend einer rechten, angehörten. Das wußten die Kandidaten und hielten sich vorsichtig fern.

Doch eines Tages schmückte ein junger Mann, der bekanntermaßen zur Linken gehörte, den zur Piazza liegenden Balkon seines Hauses mit zwei roten Fahnen und einem Lautsprecher und ließ verkünden, daß von dort aus eine Kandidatin seiner Partei reden würde, eine attraktive Blondine, die dazu noch aus dem Norden stamme.

Diese Nachricht schlug ein wie eine Bombe, und zwar aus zwei unterschiedlichen Gründen: Der erste bestand in der offenen Herausforderung an den Mafiaboß, der zweite darin, daß man seit Menschengedenken noch nie eine Frau gesehen hatte, die in dieser Weise öffentlich auftrat.

Besorgt wurde die Sache dem Mafiaboß hinterbracht. Der überlegte einen Augenblick lang, dann beschied er: »Empfangen wir die kleine Fremde freundlich.«

Die künftige Abgeordnete (und das wurde sie wirklich) zeigte sich auf dem Balkon, und voller Zufriedenheit sah sie, daß sich auf der Piazza nicht weniger als dreihundert Menschen mit roten Fähnchen versammelt hatten. Sie redete und erhielt Beifallsstürme. Alle begleiteten sie zu ihrem wartenden Auto, und bevor sie losfuhr, wollten alle unbedingt noch einmal *Bandiera rossa* singen. Da drehte sich die Kandidatin zum Organisator der Kundgebung um und sagte mit einem gewissen Tadel in der Stimme:

»Und du hast mir gesagt, daß ihr hier gerade mal zehn wärt!« Der junge Mann öffnete die Arme. Er wollte sie nicht enttäuschen, als er ihr erklärte, daß die anderen zweihundertneunzig als Statisten einer

Inszenierung zu der Kundgebung gekommen waren, um »Gesicht zu zeigen«, so wie es ihnen befohlen worden war.

Das Fadennetz *Filama,* das Fadennetz, besteht aus nahezu unsichtbaren Fäden, noch feiner als die eines Spinnennetzes. Ihre Bedeutung: Verleumdung.

In der Gegend, aus der ich komme, wandelt sich das Rossinische »Lüftchen« zu diesem luftigen Fadennetz, dessen Unsichtbarkeit keineswegs auf einen Mangel an Widerstand verweist, im Gegenteil, die Fäden können stärker werden als Stahltrossen. Und wenn man bei uns sagt »das Fadennetz werfen«, bedeutet das, es als etwas Handfestes über einen Unglückseligen werfen, der es, je mehr er zu seiner Verteidigung strampelt, immer weiter zuschnürt, so daß der Faden sich abwickelt und ihn immer fester als Opfer verstrickt und unbeweglich macht. Wer als erster das Fadennetz wirft (indem er von jemandem behauptet, er sei ein Gehörnter, ein Unheilsbringer, ein fauler Kunde), ist schwer auszumachen: Das Netz wird erst sichtbar, wenn andere mitwirken, um es weiter zu spannen und es umzudrehen, wenn es anfängt, auf dem zu lasten, der darin gefangen ist, wenn plötzliche Stille eintritt, Blicke sich kreuzen, Gesten mitten in ihrer Ausführung unterbrochen werden. Dann hat der Betreffende das Gefühl, daß die Welt um ihn herum sich im Verhältnis zu ihm verändert und nichts mehr so sein wird, wie es war.

Als Vittorio Cusumano das Café betrat, um, wie gewöhnlich, Karten zu spielen, ertappte er seine drei Freunde dabei, wie sie, während sie auf ihn warteten,

ihre Köpfe zusammengesteckt und miteinander ge-
tuschelt hatten. Da stand er, und schlagartig setzte
Stille ein. Die Freunde taten gleichgültig, zeigten
sich herzlich, allerdings ein bißchen mehr als sonst.
Vittorio Cusumano, dessen Frau jung, schön (und
sicherlich treu) war, kam blitzartig der Verdacht, daß
hier ein Fadennetz zu seinem Schaden gesponnen
wurde. Er zog das Messer heraus und verletzte wahl-
los einen der drei. Seine Handlungsweise wurde damit erklärt, daß er einen Augenblick lang an Bewußt-
seinsverlust gelitten habe. Aber:

»Ich habe *filama,* das Fadennetz, zerschnitten, bevor es sich ausbreiten konnte«, erklärte er seiner in
Tränen aufgelösten Frau.

Dreckig, abscheulich,
miserabel
Wenn wir *fitusu* sagen, meinen wir zwar »dreckig«, aber
auf gewissenlose, zu allem
fähige, amoralische Personen bezogen. Die Steige-
rung in den Superlativ heißt bei uns *cosa fitusa,* »mi-
serable Sache«. Damit wird allerdings keine Sache bezeichnet, sondern ein Mensch, der in seinem bösen
Handeln alle menschlichen Maßstäbe verliert und so-
mit die absolute Bösartigkeit darstellt. Selten nimmt
dieses Wort die Bedeutung von dumm, trottelig an.

Wie etwa im Fall von Tanino Sciacca, einem Hafenarbeiter, der in die Aufführung eines *Mortorio*
(eines im Dialekt aufgeführten volkstümlichen Pas-
sionsspiels) einbezogen wurde. Er sollte den Kaiphas spielen, den Vorsitzenden des Hohen Rates,
und sein erster Satz lautete: *»Io fussi Caifassu«,* ich
also bin Kaiphas, doch das Publikum war der Meinung, er habe sich verheddert, und so ließ er sich zu

einer ganzen Zahl verhedderter Sätze hinreißen, etwa in der Art: »*Iu fassi ca fussi*«, »*Iu cafassi fussi*« und so weiter, bis er schließlich, mutlos geworden und fast dem Weinen nahe, den Kittel auszog und sagte: »*Cu fussi fussi, u fitusu fu i, ca mi ci misi*« (Wer immer ich auch gewesen bin, ein Trottel bin ich, der sich hierauf eingelassen hat).

Während der Landung der Aliierten auf Sizilien befand ich mich mit der Familie in Serradifalco, wo die Deutschen eine Widerstandsfront errichtet hatten. In den sicheren Kellerräumen der Villa einer Tante von mir waren wir an die dreißig Personen, die dort überleben wollten, ohne etwas zu essen zu haben, außer getrockneten dicken Bohnen. Bei mir war ein etwas jüngerer Cousin, der rein zufällig in diese Gegend verschlagen worden war. Ab und zu, zwischen Luftangriffen und Bombardierungen zu Lande, gingen wir hinaus und tauschten Wein gegen ein paar Dosen Nahrung. Aus einem Radio, das wunderbarerweise funktionierte, erfuhren wir vom Sturz des Faschismus.

Alles schwieg in den ersten Stunden des 29. Juli, keine Kanonen, keine Bomben, keine Maschinengewehre. Staunend hörten wir, daß die Vögel wieder sangen. Wir gingen hinaus, die anderen schliefen noch. Hinten auf der Straße sahen wir einen unheimlichen, riesigen Panzer langsam auf uns zurollen. Plötzlich wich er zur Seite, um ein Auto vorbeizulassen (damals wußten wir noch nicht, daß man dieses Auto Jeep nannte), in dem aufrecht ein Offizier stand, ein anderer saß neben ihm, und ein Schwarzer in Uniform, der den Wagen fuhr.

Als er auf unserer Höhe war, gab der stehende Soldat dem Fahrer ein Zeichen, er solle anhalten. Er betrachtete ein grob behauenes Holzkreuz, das auf seiner Höhe stand (die Straße lag etwas tiefer). Es bezeichnete das Grab eines deutschen Soldaten, der bei einem Bombenangriff ums Leben gekommen war. Nach einem Augenblick streckte der Offizier den Arm aus, riß das Kreuz heraus, zerbrach es über seinem Knie und wies den Fahrer an weiterzufahren. Bestürzt blieben wir stehen. Unterdessen überholte uns der Panzer. Hinter ihm her gingen gut ein Dutzend Männer in amerikanischer Uniform, Maschinengewehr im Anschlag, Handgranaten aufgereiht um den Hals. Wir waren völlig verwirrt und hatten Angst, daß diese Männer uns jeden Augenblick erschießen würden. Doch der letzte Soldat blieb stehen, kehrte zu uns um, grüßte uns und sagte in reinstem Sizilianisch:

»*Vasamulimani*. Küßdiehand.«

Wir waren nicht fähig zu antworten, und der andere fuhr fort:

»In einer Stunde kommen wir zurück. Ihr müßtet so freundlich sein und mir ein bißchen guten Essig geben, weil ich meinem Leutnant einen kleinen Salat zubereiten will.«

Während er wieder hinter den Panzer zurücklief, bemerkten mein Cousin und ich, daß unsere Augen voll Tränen waren. Zu viele gegensätzliche Eindrücke waren innerhalb weniger Minuten auf uns niedergehagelt.

Die Amerikaner kamen zurück, wir hatten den Essig besorgt, sie tauschten ihn gegen ihre Militärrationen ein und fingen an zu essen. Da ging ich zu dem sikulo-amerikanischen Soldaten (in dieser Einheit waren fast alle ursprünglich sizilianischer Herkunft) und fragte ihn nach dem Typ in Uniform da, der ihnen vorausgefahren war und aufrecht im Auto stand.

»Das ist ein äußerst tüchtiger General, der beste, den wir haben«, antwortete er mir, »Soldaten wie ihn gibt es keine mehr, doch als Mensch ist er *fitusu*. Er heißt Patton.«

Seit diesem Tag sind fast fünfzig Jahre vergangen.

Und in dieser Zeit habe ich viele Filme über das Leben des amerikanischen Generals gesehen, gelegentlich habe ich auch etwas über ihn gelesen. Aber dann passiert es: Während ich zuschaue oder lese, wirft ein Blitz plötzlich sein Licht für alle Ewigkeit auf eine schreckliche und sinnlose Tat, die den Helden nicht nur zu einem *fitusu* erstarren läßt, wie sein Soldat ihn bezeichnete, sondern zu einer *cosa fitusa,* zu einem miserablen Schwein.

Auf Sand spazieren und vögeln im Stehen, lassen einen Mann zugrunde gehen

Der sizilianische Ausdruck für »Sand« in diesem Sprichwort meint den völlig trockenen, lockeren Sand, in dem der Fuß versinkt. Das Sprichwort entstand während einer gelehrten Unterhaltung von Fischern, als sie die Netze flickten und über die alte Redensart nachdachten: »*Bacco, tabacco e Venere riducono l'uomo in cenere*« (Bacchus, Tabak und Venus verwandeln einen Mann in Asche).

Rocco Bilardo, der älteste und weiseste unter den Anwesenden, nahm das Sprichwort mit einer Dialektik auseinander, die ihm keiner nachmachen konnte, und bewies, daß die Frau, der Wein und der Tabak als Teil der Schöpfung des Allerhöchsten aufgrund ihrer inneren Natur keinerlei Schaden verursachen könnten. Seine Überlegung schloß er mit der Behauptung ab, daß das, was einen Mann wirklich in den Ruin treibe und zugrunde gehen lasse, die natürlichen Dinge seien, wenn sie schlecht gehandhabt würden, wie eben das Vögeln im Stehen oder das lange Spazierengehen auf trockenem Sand.

Ich weiß nicht, ob das eine oder andere Gebre-

45

chen, an dem ich heute leide, daher kommt, daß ich in meiner Jugend unter anderem auch diese beiden Fehler begangen habe, aber ich erinnere mich noch sehr genau an die mörderischen Rückenschmerzen, die ihnen folgten.

Aufgesetzte Hörner bedeuten Fortschritt Ein Satz in privater Runde, der aber gleichzeitig durch den verbreitet wird, zu dem er gesagt wurde. Mit diesem Satz soll die Sinnlosigkeit eines »Verbrechens der Ehre« angesichts der sich wandelnden Sitten ausgedrückt werden.

Titino Zaccaria hatte den schönen Einfall, einen Tag früher als ursprünglich geplant von einer Geschäftsreise nach Hause zurückzukehren, ohne seine Frau darüber zu verständigen. Und die Überraschung gelang ihm wirklich, denn er traf sie mitten im Schäferstündchen mit ihrem Liebhaber an. Titinos Verwirrung und Sprachlosigkeit ausnutzend, sprang der Geliebte aus dem tief gelegenen Fenster und floh. Als Titino wieder zu sich kam, verprügelte er seine Frau, lief dann in sein Haus auf dem Land, wo er den Revolver aufbewahrte, bewaffnete sich und schoß auf den Liebhaber, den er erkannt hatte. Die Nachricht verbreitete sich in Windeseile, und weil Titino unsympathisch und hochmütig war, sagte die Mehrheit der Leute: »Selber schuld. Er hätte ihr sagen müssen, daß er zurückkommt.«

Seine Frau dagegen war allen sympathisch und wurde liebevoll versorgt. Mein Onkel Massimo, der trotz allem ein Freund Titinos war, erkannte in dessen Tat die Mordabsicht und lief ihm keuchend hinterher. Er fand ihn zu Hause in einem Sessel sitzend, weinend, den Revolver noch in der Hand. Mein Onkel nahm ihm die Waffe aus der Hand, ohne daß der niedergeschlagene Titino sich gewehrt hätte, nahm ihn in seine Arme und sagte: »Was willst du da machen, Titì? Aufgesetzte Hörner bedeuten Fortschritt.«

Und mit einer weit ausholenden Geste deutete er auf das Telephon, den Kühlschrank, das Radio, das Fernsehgerät, die Waschmaschine, auf ein Flugzeug, das hoch am Himmel flog, auf zwei Mopeds und ein Auto, die in diesem Augenblick vorüberfuhren, und schloß in diese Aufzählung auch die Hörner ein, um Titino klarzumachen, was alles den Menschen zu jenen »herrlichen fortschreitenden Geschicken« führt, die Leopardi sich von Terenzio Mamiani entliehen und besungen hat.

Kiemen haben wie ein richtiger Fisch In einem kleinen Antiquariat in Paris hatte Leonardo Sciascia ein paar Dokumente aufgetrieben, die einmal Luigi Pirandello gehörten. Darunter auch das Telegramm, mit dem Mussolini ihm die Ernennung zum Mitglied der Italienischen Akademie mitteilte, das vom Adressaten aber in einem Hotelzimmer in Berlin zurückgelassen worden war: ein weiterer Beweis, sofern noch einer nötig war, für Pirandellos Verachtung gegenüber allem, was er selbst als »leere Eitelkeiten« bezeichnet hat.

Auf einem Zettel stand auch als Zitat die Überschrift zu dieser Geschichte. »Kiemen« bedeutet im agrigentinischen Dialekt »Kehle«, daher bedeutet »jemand bei den Kiemen packen« jemand bei der Kehle packen, und zwar in dem Sinn, daß einer, der naschhaft oder gar gefräßig ist, als »kiemig« bezeichnet wird. Wenn man also sagt »Kiemen haben wie ein richtiger Fisch«, bedeutet das, daß sich jemand nur über seine »Kehle« erlebt; was hier nicht nur auf Zungenfreuden beschränkt ist, sondern auch die Begierde nach Besitz jeglicher materieller Güter beschreibt, angefangen beim Geld, das vielleicht sogar auf zweifelhafte Weise erworben wurde. Und in diesen Zeiten der Bestechungsgelder, Briefumschläge und Geldkoffer, in diesen Zeiten, wo gewisse Menschen eine Verbindung zur Welt lediglich über die »Kiemen« zu haben scheinen, kommt es einem vor, als würde man in einem Aquarium leben.

Einer meiner Freunde mußte nach Rom fahren, um einen aus seinem Ort stammenden Abgeordneten um einen (gut bezahlten) Gefallen zu bitten. Er kam in dessen Villa. Der Abgeordnete schwamm in seinem Swimmingpool. Als er herauskam, konnte mein Freund sich nicht zurückhalten und sagte: »Herr Abgeordneter haben ja Kiemen wie ein richtiger Fisch, im Wasser genauso wie außerhalb.«

Der Abgeordnete, der seinen Fuß schon lange nicht mehr auf heimatlichen Boden gesetzt hatte, konnte sich nicht mehr an die alten Sprichwörter erinnern. Er lächelte erfreut, im Glauben, daß sein Gesprächspartner sich auf seine Wendigkeit beziehe, die er sowohl im Swimmingpool als auch in den unsicheren Gewässern der Politik unter Beweis gestellt hatte.

Der Gang zu den russischen Bäumen

Meine Großmutter war es, die mir die Streiche, die Frotzeleien und Witze erzählte, die sich Don Carlo Martullo, Referent im Einwohnermeldeamt und außerordentlich geübter Tragöde, hatte einfallen lassen. Doch je mehr Geschichten sie mir von ihm erzählte, um so unsympathischer wurde mir dieser Mann. Mir kam es vor, als würde er mit den Schwachen, mit Menschen, die sich in keiner Weise wehren konnten, nach Lust und Laune umspringen. Er war, gegen Ende des neunzehnten Jahrhunderts, ungefähr zehn Jahre im Einwohnermeldeamt unserer Gemeinde tätig und richtete mehr Schaden an als alle seine Vorgänger zusammen. Findelkindern verpaßte er unmögliche Namen wie Tarquinio Prisco (einer der frühen sieben Könige von Rom) oder Sicacasotto (Hosenkacker) Giuseppe oder Provisorio Provisoriamente (Provisorischer Provisorisch). Unter seinen vielen Unverschämtheiten gab es eine, die in der Überschrift zu dieser Geschichte ihren Ausdruck findet.

Weit draußen vor meinem Heimatort hatte ein russisches Schiff von nie gesehenem Ausmaß seine Anker geworfen. Dort hatte es nicht wegen irgendwelcher Handelsgeschäfte festgemacht, sondern wegen bestimmter langwieriger Ausbesserungsarbeiten. Natürlich hatte es die Neugierde aller auf sich gezogen, die vom Ufer, von den Terrassen der Häuser oder von den umliegenden Hügeln aus hinausschauten und es betrachteten.

Eines Abends kreuzte Carlo Martullo, der zu einem seiner hoch gelegenen Grundstücke hinaufstieg, eine Gruppe von ungefähr zwanzig Tagelöhnern, die ihre Arbeit beendet hatten und nun zum Ort hinunterstiegen: Sie hatten ihre Arbeit nicht nur für diesen Tag beendet, sondern für die gesamte Saison, und daher lagen vor ihnen Monate äußerster Not, wenn nicht gar des Hungers. Da kam ihm eine Idee und er hielt sie auf.

»Genau euch habe ich gerade gesucht«, sagte er. »Seht ihr das russische Schiff da drüben? Dort braucht man Arbeitskräfte, die sich um die Bäume und die Gemüsebeete an Bord kümmern.«

Und als er die verdutzten Gesichter der Feldarbeiter sah, erklärte er: »Auf diesen Schiffen, die um die Welt fahren und oft zwei bis drei Jahre nicht nach Hause kommen, hat die russische Regierung Obstbäume pflanzen lassen, Tomaten, dicke Bohnen, alle Arten von Gemüse, alles Sachen, kurz gesagt, die Seeleute frisch essen können, weil sie sonst Skorbut bekämen. Sie haben sogar zwei Kühe und zehn Ziegen. Sie haben mich gefragt, ob es im Ort Leute gebe, die an Bord kommen und sich darum kümmern wollen.«

Die Feldarbeiter waren begeistert. Am nächsten Morgen, nachdem sie auf Kredit drei große Boote gemietet hatten, weil sie auch ihre Frauen und Kinder mitnehmen wollten, präsentierten sie sich an Bord mit Hacken, Schaufeln und Beilen. Der wachhabende Matrose war völlig überrumpelt, er konnte die friedliche Enterung nicht verhindern. Dem Repräsentanten des Reeders erklärten sie, sie seien gekommen, um sich um die Pflanzen und Bäume an Bord zu kümmern.

Der Repräsentant lachte und machte ihnen klar, daß das Schiff kein landwirtschaftlicher Boden war, und immer noch lachend übersetzte er dem erstaunten Kommandanten den Grund für ihre Invasion. Er sagte auch, daß diese armen Menschen offensichtlich das Opfer eines bösartigen Scherzes geworden seien. Nun fing auch der Kommandant an zu lachen, betrachtete dann aber die Leute vor ihm aufmerksamer: zerlumpt, bettelarm, barfuß, Kinder, die sich an ihre Mütter klammerten, und in aller Augen ein Hoffnungsschimmer, der langsam erlosch. Er empfand großes Mitleid, und nachdem er seinen Matrosen Landgang gegeben hatte, ließ er das Schiff von ihnen reinigen, von oben bis unten, in allen Winkeln, behielt sie zu einem üppigen Mittagessen bei sich und bezahlte sie fürstlich.

Von da an bis zum völligen Verschwinden dieser Form der Tagelöhnerei gebrauchte man diese Redewendung, um eine Arbeit oder eine Unternehmung zu beschreiben, deren Ausgang völlig ungewiß war, die aber wie durch ein Wunder oder eine glückliche Fügung ein gutes Ende nahm.

Wer beispielsweise nach Amerika auswanderte, ohne eine gesicherte Arbeit oder hilfsbereite Freunde bei seiner Ankunft dort drüben zu haben, sagte, er würde zu den russischen Bäumen gehen.

In der Nacht vor meiner Hochzeit konnte ich keinen Schlaf finden. Ich war in Panik, ich wußte nicht, ob ich in der Lage sein würde (schließlich kannte ich mich ja), den Pflichten nachzukommen, die die Ehe mit sich brachte und die ich in freier Entscheidung auf mich genommen hatte. Morgens, als ich mich rasierte, tauchte diese seit Jahren vergessene Redensart in Riesenlettern aus meiner Erinnerung auf und traf mich wie ein Blitz. Ich fing so zu zittern an, daß ich mich mit dem Rasiermesser schnitt.

Doch wie man sieht, hat wieder ein russischer Kommandant, oder wer auch immer an seiner Stelle, Erbarmen mit mir gehabt.

Das Fliegenspiel Wir spielten es von Mai bis September, wenn die Sonne die vom Herbstregen feuchten Strände trocknete. Wir waren zu sechst oder zehnt, legten uns im Kreis bäuchlings auf den Sand, und jeder von uns plazierte in die Mitte vor seinen Kopf eine Zwanzigcentmünze. Jeder Spieler spuckte reichlich auf seine Münze. Dann blieben wir reglos liegen, mitunter stundenlang, und warteten darauf, daß eine Fliege sich auf eine der Zwanzigcentmünzen setzte. Der Besitzer der von der Fliege bevorzugten Münze gewann alle von den anderen gesetzten Münzen.

Manchmal kam es vor, daß sich während eines ganzen Vormittags oder auch Nachmittags keine einzige Fliege zeigte: In solchen Fällen wurde das Spiel haargenau so am nächsten Tag wiederholt. Gestattet war, daß man vor dem Spucken den Speichel würzen konnte, und zwar mit dem, was den Fliegen vermutlich angenehm war, etwa Honig, Traubensaft oder Zucker. Bettino Zappulla hatte mehrere Tage hintereinander einen unglaublichen Erfolg. Dann entdeckten wir, daß er seine Spucke mit seiner eigenen Scheiße vermischte. Er wurde disqualifiziert.

Streng verboten war es, während des Spiels zu lesen: Das Rascheln des Umblätterns hätte die Fliege dazu verleiten können, wegzufliegen oder die Richtung zu ändern. Ebenso war das Sprechen verboten. Ich bin fest davon überzeugt, daß sich im Verlauf dieses jahrelang dauernden Spiels unsere individuellen Schicksale entschieden haben: Sehr viel Zeit haben wir für die reine Meditation über uns selbst und die Welt verwendet. Und so wurde der eine ein Gangster, ein anderer Admiral, ein dritter Politiker. Ich, weil ich mir unaufhörlich wahre und erfundene Geschichten erzählt habe, während ich auf die Fliege wartete, wurde Regisseur und Schriftsteller.

Die Hure von Sciacca   Es war zu der Zeit, als mein Heimatort noch nicht Porto Empedocle hieß, sondern Mole von Girgenti. An einem eiskalten Februartag erreichte die örtliche Polizeistation eine Mitteilung, wonach um zwanzig Uhr mit dem Postwagen eine Prostituierte eintreffen sollte, die mit einem offiziellen Ausweisungsbescheid wieder in ihren Heimatort im Inneren Siziliens zurücktransportiert wurde. Es ging also darum, diese Frau in dem Augenblick, wo sie aus dem Wagen stieg, zur Seite zu nehmen, sie in die Sicherheitszelle zu bringen und sie am folgenden Tag in einen Zug zu setzen.

Mit dieser Sache wurde Agatino beauftragt, ein hervorragender Polizist. Wegen des schlechten Wetters kam der Postwagen erst um Mitternacht an. Da nun aber keinerlei Beschreibung der Prostituierten beigefügt war, dachte Agatino, es sei klug, sich neben jeder Frau aufzustellen, die aus dem Wagen stieg, ihr die Lampe dicht ans Gesicht zu halten und ganz arglos zu fragen:

»Sind Sie die Hure von Sciacca?«

Er wurde von den Ehemännern, Vätern, Brüdern, Cousins und anderen Verwandten der so angesprochenen Frauen ziemlich übel zugerichtet. Und dabei hatte er noch Glück, denn wegen der Verspätung und der Kälte hatte keiner der Männer große Lust, ihn auch noch mit Tritten zu traktieren. Benommen und blutend näherte er sich der letzten Frau, die gerade vom Wagen herunterstieg, und stellte auch ihr, mit hauchdünner Fistelstimme, seine Frage.

»Ja«, antwortete die Hure.

In seiner Dankbarkeit hätte nur wenig gefehlt, und Agatino wäre ihr um den Hals gefallen. Er brachte sie in die Sicherheitszelle, empfand aber Mitleid mit diesem vor Kälte erstarrten Geschöpf: Um sie nicht neben die anderen Mitreisenden zu setzen und keine Versuchungen unter den Männern des Begleitpersonals aufkommen zu lassen, hatte der Polizeikommandant verfügt, sie am nächsten Tag auf dem Zugdach über der Achse, im Freien, mitfahren zu lassen.

Agatino machte Feuer in einem Holzkohlenbecken, aber das reichte nicht aus. Er brachte es nicht übers Herz, sie alleine zu lassen und nahm sie mit zu sich nach Hause. Sie redeten die ganze Nacht miteinander. Am nächsten Tag fuhr die Frau nicht mit dem Zug ab, wie sie es hätte tun sollen, sondern blieb in Agatinos Wohnung. Drei Monate später heirateten sie. Agatino, der Polizist, quittierte seinen Dienst und arbeitete als Maurer. Sie bekamen berühmte Kinder, die reinen Herzens und Sinnes aufwuchsen, so daß die besten Familien nur neidisch werden konnten. Und das ist auch der Grund, weshalb ich Agatinos Familiennamen hier nicht nennen will.

Ich komme durchs Fenster   Das sagt jemand, der unter bestimmten Umständen gegen den Strom zu schwimmen bereit ist. Doch der Sinn umfaßt wesentlich mehr.

Peppi Nicotra, ein Dockarbeiter, heiratete zwanzigjährig Giovannina Sirchia, die von vielen als Frau fürs Bett bezeichnet wurde, allein schon wegen der Art, wie sie redete, blickte und ging. Eine Woche nach der Hochzeit wurde Peppi wegen eines Streits in der Osteria, bei dem es einen Toten gab, verhaftet, vor Gericht gestellt und zu zehn Jahren verurteilt.

Ein paar Monate lang blieb Giovannina ihm treu, dann aber gab sie denen recht, die es immer schon wußten: Sie ließ sich mit einem jungen Mann aus dem Ort ein, und auf diesen folgten noch viele andere.

Die Frau wohnte in einem Häuschen, das nur ein Erdgeschoß hatte, in der Nähe der Mole. Peppi hatte es mit eigenen Händen im Hinblick auf seine bevorstehende Heirat gebaut. Und obwohl er im Gefängnis saß, erfuhr Peppi sofort alles über den Treuebruch seiner Frau, aber wie es aussah, kümmerte ihn das nicht sonderlich: Er wollte lediglich, daß Giovannina ihn nicht mehr besuchte.

Als er zehn Jahre später wieder in die Freiheit entlassen wurde, erwartete jeder im Ort das klassische Verbrechen aus verletzter Ehre, und wenn schon nicht an den Liebhabern, die, offen gestanden, einfach zu viele waren, dann zumindest an der Untreuen. Aber die Erwartung wurde enttäuscht. Peppi zog ins Haus seiner Mutter und redete nicht mehr von Giovannina.

Doch nach einer gewissen Zeit bekam man mit, daß Peppi seine Frau wieder aufsuchte, er ging nachts zu ihr und behandelte sie wie die anderen Männer auch, nämlich wie eine Frau, die einem hin und wieder Gesellschaft leistete. Mit seiner allgemeinen Achtung und Wertschätzung ging es schnell bergab, denn, so war die einhellige Meinung, er habe nicht nur die Situation hingenommen, sondern besuche sogar die Frau, die ihm die Hörner aufgesetzt hatte.

Der, welcher Giovanninas erster Liebhaber war, bat ihn einmal, ihm das zu erklären, und Peppi antwortete ganz ruhig:

»Giovannina habe ich als Ehefrau ja gar nicht genießen können, zwischen der Hochzeit und dem Gefängnis war die Zeit viel zu kurz. Und daher hatte ich, als ich herauskam, wieder Lust auf sie. Und so bin ich eines Nachts zu ihr gegangen. Das ist alles. Nur, daß ich durchs Fenster eingestiegen bin.«

»Wieso denn das?«

»Durch die Türe treten doch nur die Ehemänner ein, oder etwa nicht?«

»Natürlich. Wie denn sonst?«

»Aber ich komme jedesmal durchs Fenster, wie ein Liebhaber. Ihr alle, die ihr durch die Türe eintretet, um Giovannina zu besuchen, seid ihre Ehemänner, ich bin nur der Liebhaber. Und damit bin ich es auch, der euch allen die Hörner aufsetzt.«

Man fing an, anders über ihn zu denken. Und es ist sicher nicht nötig hinzuzufügen, daß Peppi Nicotra von seinem Landsmann Luigi Pirandello nie etwas gehört oder erfahren hat.

Ich bin ich, aber du bist nicht du   Das sagt man zu jemandem, der sich zu Ansichten hinreißen läßt, die nicht in seine gewohnte Gedankenwelt passen.

Don Beniamino Sileci entstammte zwar einer reichen Familie, doch Kartenspiel und Frauen hatten ihn in den Ruin geführt. So gab er sich dem Wein hin: Die Abendstunden brachte er, maßlos trinkend, in einer Taverne zu. Danach torkelte er, sich kaum mehr auf den Beinen haltend, nach Hause zurück. Dieser Weg wurde augenblicklich zu einer *Via Crucis*. Gefolgt von einem Rattenschwanz frecher Jungs, die sich über ihn lustig machten, ihn schubsten, ihn zogen, und von ein paar noch kleineren Jungs, die nichts Besseres zu tun hatten, stürzte Don Beniamino hin, stand wieder auf, stolperte, wankte, rempelte an eine Mauer, verirrte sich, fand sich dann wieder zurecht, und das alles unter Gelächter, Beleidigungen und Provokationen.

Eines Abends stand der arme Kerl mit dem Rükken an eine Laterne gelehnt, um wieder zu Atem zu kommen, und unter denen, die sich über ihn lustig machten, erkannte er jemanden, der nicht dort hätte sein sollen. Es handelte sich um einen jungen Mann aus gutem Haus, wohlerzogen, der aus Liebeskummer ein paar Liter in sich hineingekippt hatte und sich zu diesem elenden Vergnügen hatte überreden lassen. Don Beniamino hob einen Arm, um Stille zu fordern, ging auf den jungen Mann zu und sagte, Auge in Auge mit ihm:

»Ich bin ich, aber du bist nicht du.«

Mach schon! Ein Nicht-Sizilianer denkt bei dieser Aufforderung, er soll sich bewegen, sich rasch zu schaffen machen. Damit erliegt er einem unter Umständen folgenschweren Irrtum (etwa, wenn eine Waffe auf ihn gerichtet wird). Zwar klingt die Aufforderung so, doch die Bedeutung, die sie in Sizilien hat, ist das genaue Gegenteil, nämlich: Bleib ganz ruhig, zucke mit keiner Wimper.

»Mach schon!« kann allerdings auch bedeuten »Los jetzt! Voran!« Ob man nun zur Salzsäule erstarren oder zum schnellfüßigen Achill werden soll, muß man blitzschnell aus dem Zusammenhang erkennen.

Einmal war eine junge Frau aus Mailand, Franca, bei uns zu Gast, die einen Onkel von mir geheiratet hatte. Am Ende des ersten gemeinsamen Mittagessens stand sie freundlich auf, um den Hausangestellten beim Abräumen zu helfen, und gleich wurde sie mit einem immer entschiedener werdenden Chor aus »Mach schon, Franca, mach schon!« bedacht.

Und sie bewegte sich immer schneller zwischen Küche und Eßzimmer hin und her, und ihr Blick wurde zunehmend verängstigter. »In was für eine miserabel erzogene Familie bin ich da eigentlich geraten?«

Bis zur Weißglut Das Verb *murritiari* bedeutet »sticheln, provozieren«. Wenn die Stichelei aber den Grad von Verspottung erreicht, nennen wir das *scuncicari,* jemanden zur Weißglut treiben.

Totò Bellomo, der mit zwanzig sein Buchhalter- und Steuerberaterdiplom erworben hatte und nun ans Heiraten dachte, sah, wie sich alle seine Pläne durch die rosa Einberufungskarte vor seinen Augen in Luft auflösten.

Er nahm am Abessinienkrieg teil, danach am Spanischen Bürgerkrieg und kehrte gelegentlich für äußerst knapp bemessene Heimaturlaube nach Hause zurück. Aus dem aufgeweckten, lustigen Jungen war ein wortkarger junger Mann geworden, der verschlossen und scheu war. Und wer ihn fragte, wie diese Veränderung nur möglich gewesen sei, dem antwortete er: »Die provozieren mich.«

Man ließ ihn in einer Garnison des »Imperiums« in Afrika zurück. Von dort aus wurde er zu den Kampfverbänden nach Libyen versetzt, und von Libyen aus ging es nach Rußland, an den Don. Er nahm am Rückzug teil und kam wie durch ein Wunder wieder nach Hause, jetzt sogar noch stummer und wortkarger als sonst. An seiner rechten und linken Hand fehlte jeweils ein Finger, am rechten Fuß fehlten drei Zehen, und er hatte nur noch ein Auge.

Er nahm die Kriegsauszeichnungen, und das waren viele, steckte sie in einen Beutel, und diesen legte er ganz unten in eine Koffertruhe. Er sagte nur: »Die haben mich unendlich provoziert.«

Man gab ihm einen Posten, und er heiratete die junge Frau, die er vor zwanzig Jahren hätte heiraten sollen. Ob er bei dreißig Grad im Schatten gesessen hatte oder bei dreißig Grad Kälte anderswo, hin und wieder hatte er das Photo eines achtzehnjährigen Mädchens aus seiner Brieftasche hervorgeholt, das ihn anlächelte: Die Vierzigjährige, die jetzt am Altar neben ihm stand, glich ihr nur wenig.

Kinder wollten sie keine, dazu fühlten sie sich beide zu alt. Und auch dies verbuchten sie unter »Verlorenes«: Jugend, ein gewissenloses Lachen, der Trieb der ersten Liebe. Kurz vor dem ersten Wahlkampf von 1948 wurde er vom örtlichen Sekretär einer großen Partei gerufen. Ausgerechnet an diesem Morgen hatte Totò zufällig eine geladene Pistole in einem seiner vielen Rucksäcke gefunden. Er steckte sie in die Tasche, nach dem Treffen mit dem Sekretär wollte er sie ins Meer werfen.

»Du mußt einer der unsrigen werden«, sagte der Sekretär zu ihm. »Du hast gegen die Roten gekämpft, mutig wie du bist. Und wir müssen sie weiterhin bekämpfen. Weißt du, daß sie drauf und dran sind, eine Invasion in Italien zu machen? Sie werden ihre Pferde im Vatikan tränken, beim Papst, sie werden unsere Frauen vergewaltigen, unsere Kinder werden sie gegrillt und gebraten auffressen. Ein Krieg ist das, Totò, ein weiterer Krieg. Wie also ist deine Antwort?«

Totò sagte kein Wort. Er zog die Pistole aus seiner Tasche und schoß auf ihn. Zum Glück war es nur ein Streifschuß, der Sekretär erstattete keine Anzeige, er wollte nicht gegen einen heldenhaften Kämpfer auftreten, und alles wurde unter dem Deckmantel des Schweigens gehalten.

Aber wer ihn fragte, warum er das getan habe, dem erklärte Totò Bellomo: »Er hat mich zur Weißglut getrieben.«

Bewegung Vom englischen *motion* kommt das Wort *musione,* das zu der Mischsprache aus Sizilianisch, Neapolitanisch und Amerikanisch gehört, die weniger von den Auswanderern nach Amerika, als vielmehr von ihren dort geborenen Kindern verwendet wurde. Wenn ich dieses Wort hier erwähne, dann deshalb, weil ich es aus drei verschiedenen Zusammenhängen kenne.

Das erste Mal, so erinnere ich mich, war ich völlig verblüfft, als ich sah, daß ein kleines Häuschen, das sich ein Rückwanderer direkt auf dem Strand hatte bauen lassen, sich gegenüber seiner ursprünglichen Lage völlig verschoben hatte.

Das Häuschen war durch Erdbewegungen zwanzig Meter weit gewandert, ließ aber die Uferpromenade völlig unberührt.

»Ist nichts weiter. Es hatte nur eine leichte *musione*«, erklärte mir sein Beitzer, Fefè Iacovino, einer, der bei meinem Vater als Fahrer arbeitete.

Mit Iacovino fuhren wir eines Tages im Auto nach Palermo. Ich saß neben ihm, mein Vater hinten. Plötzlich platzte ein Reifen, das Auto schleuderte, und wir hingen unversehens in einem gefährlichen Gleichgewicht über einem Abgrund von achtzig Metern.

»Keine *musione!*« schrie Iacovino.

Ein perfekter Gag, ein Einfall von Charlie Chaplin, nur daß es hier tragisch ausgehen konnte, schließlich saßen wir ja nicht im Kino. Sobald einer von uns stärker atmete, bewegte sich das Auto wie eine Waage. Wir redeten nichts, wir hatten Angst, daß sogar Worte eine Bewegung verursachen konnten. Endlich kam nach einer Stunde wirklicher Agonie ein Lastwagenfahrer vorbei, der uns vorsichtig in Sicherheit zog. Könnte ich das Wort also jemals vergessen?

Das dritte Mal stieß ich auf das Wort in einem Büchlein mit Versen, das mir Ruggero Jacobbi zu lesen gegeben hatte. Der Verfasser war ein Italo-Amerikaner. Ich erinnere mich an einen Vierzeiler, ein Liebesgedicht:

> Tengo uno storo abbascio città
> Dove se vuoi farmi fone
> Qui tutto è pace e tranquillità
> Nemmanco il vento ci fa musione.

(Ich hab ein Geschäft im Süden der Stadt, wo du, wenn du willst, mich anrufen kannst, hier ist alles Frieden und Ruhe, nicht einmal der Wind bewegt sich.)

Verse, die mir wunderschön vorkamen und immer noch vorkommen.

Eine ungehörige Mischung Als »Gesamtverkauf gleichartiger Waren« erklärt Mortillaro das Wort *muzziata* in seinem *Dizionario* (dem einzigen unter den vier sizilianischen Wörterbüchern in meinem Besitz, das dieses Wort überhaupt behandelt) und sagt damit am Ende gar nichts. Ich versuche daher hier meine eigene Erklärung: Kauf (oder Verkauf) von Dingen gleicher Art, aber unterschiedlicher Gattung – eine ungehörige Mischung. Das will ich anhand eines Beispiels genauer erläutern: Wenn die Fischverkaufsstände schließen, wird das, was übriggeblieben ist, sei es nun teurer Fisch oder billiger, in Kisten zusammengeworfen und zu einem mittleren Preis angeboten. Die Hauptschwierigkeit einer *muzziata* besteht, wenn wir bei unserem Fischbeispiel bleiben wollen, im Erfinden eines Einheitsmodus für die Zubereitung in der Küche, weil es doch Fische gibt, die gebraten werden wollen, andere finden den Tod in siedendem Wasser, wieder andere werden frittiert, und noch andere brauchen ganz einfach eine Bouillon mit Knoblauch und Petersilie.

Muzziata findet in weiterem Sinn bei verschiedenen Gelegenheiten Anwendung. So beispielsweise bei der scherzhaften Bitte um eine künftige Ehemenage.

»Wollen wir eine *muzziata* zwischen unseren Kindern arrangieren?« oder, wie Fofò Liotta ernsthaft dem Richter vorschlug, der zehn Anklagepunkte gegen ihn vorbrachte, für die er haarklein die jeweiligen Gefängnisstrafen auflistete: »Exzellenz, warum machen wir nicht eine *muzziata*?«, womit er sich noch ein paar Jahre mehr wegen Mißachtung des Gerichts einhandelte.

Am 20. September 1989 saß ich in einem Café mit Tischchen im Freien und befand mich mitten in einem Blutbad, das sechs Tote auf der Erde zurückließ und ebenso viele Verletzte. Ich weiß nicht wie, aber ich entging der Sache. Ich saß da, stumpf, fast verblödet, und sah mir das Grauen an. Da sagte ein totenblasser Herr neben mir zitternd (und ganz sicher war auch ich totenblaß und zitterte), als er unter den Toten und Verletzten Männer und Frauen, Alte und Junge sah: »Da haben die ja eine schöne *muzziata* angerichtet.«

Und eine *muzziata* ist im Grunde auch der Inhalt dieses kleinen Buches, das du, lieber Leser, in Händen hältst.

Man hat uns den Spaß Das war so etwas wie ein
am Ficken genommen Kommentar zu einer Verfügung seitens der Regierung, die als besonders unverschämt empfunden wurde. Diese Redewendung, in der viel Kummer zum Ausdruck kommt, ist leicht datierbar. Sie geht auf die Zeit unmittelbar nach der Einigung Italiens im vergangenen Jahrhundert zurück, als auch auf Sizilien zum ersten Mal die allgemeine Wehrpflicht eingeführt worden war.

Das Gesetz wurde rücksichtslos durchgesetzt, niemand war psychologisch darauf vorbereitet, und so hatte es die Wirkung eines echten Schocks.

Der Zeitzeuge Professor Stocchi erzählt, daß in den Dörfern im Inneren der Insel die Begleitung des Wehrpflichtigen zur Kaserne nach dem gleichen Ritual verlief wie eine Beerdigung: Ganz vorne der Einberufene, hinter ihm die Eltern (die Mutter, deren Gesicht von einem schwarzen Schleier verhüllt war, schlug sich an die Brust und stieß Schreie und Wehklagen aus), danach die Geschwister, die Cousinen und Cousins und schließlich die Freunde, allesamt in strengem Schwarz gekleidet. Das waren durchaus keine vorgetäuschten Luftgebilde, keine Phantasieausbrüche, denn die Wehrpflicht entzog den bäuerlichen Familien die besten Arbeitskräfte und stellte »für die arme Landbevölkerung eine äußerst harte materielle und auch moralische Steuer dar, weil während der vier oder fünf Jahre Wehrdienst Tausende von täglichen Arbeitsleistungen verlorengingen«

(De Stefano-Oddo, *Geschichte Siziliens von 1860 bis 1910*).

Die Auswirkungen der allgemeinen Wehrpflicht zeigten sich auf der Stelle: Die Wehrdienstverweigerung breitete sich wie ein Ölteppich aus (und die Wehrdienstverweigerer erweiterten die Reihen der Flüchtigen und der Briganten). Mit der Komplizenschaft einiger Staatsbediensteter wurden viele männliche Neugeborene als weibliche ins Geburtenregister eingetragen. Viele Jugendliche wurden von ihren Eltern mit Aushungern und Zauberkräutern bis an den Rand des Grabes getrieben, nur um sie wehruntauglich zu machen. Die Eheschließungen gingen dramatisch zurück, vor allem aber wiesen die Geburten niedrigste Raten auf.

Hierin liegt der Ursprung für den Satz im Titel unserer Geschichte. Doch Achtung: Die vermeintliche Vulgarität des Verbs »ficken« will mit realer Scham reine Empfindungen wie heiraten, sich lieben, Kinder bekommen und sie aufziehen nur verbergen.

Vertane Nacht und dann nur ein Mädchen Diese Redewendung bringt die Enttäuschung über ein spärliches Ergebnis nach langer Arbeit und viel Einsatz zum Ausdruck. Sie stammt von einem Bauern, den seine Freunde fragten, welches Geschlecht denn nun das eben geborene Kind habe. Und die vertane Nacht bezeichnete die lange Qual der Geburt, an der eine ganze Nacht lang die Hebamme, der Ehemann selbst und die Gebärende beteiligt waren. Viel Lärm um nichts.

Dabei muß man bedenken, daß ein Mädchen nicht nur nicht für die schwere Arbeit auf den Feldern infrage kam, daß sie nicht nur kein Geld nach Hause brachte, weil es völlig undenkbar war, daß sie auch nur irgendeiner selbständigen Arbeit nachging, sondern sie nahm, wenn sie heiratete, auch noch das Geld für die Aussteuer mit. Auch in den reichen Familien stellte ein Mädchen ein nicht unbeträchtliches Problem dar, sobald es um Erbschaftsfragen ging. Hier allerdings konnte sie als Warenaustauschobjekt bei komplizierten Eheschließungen dienen, hinter denen ebenso komplizierte Interessen standen.

Unter allen, die diesen Satz je im übertragenen Sinn gebrauchten, gebührt der Lorbeer meines Erachtens Jachino Pullara, einem Geschäftsmann. Nach einem unerwarteten finanziellen Zusammenbruch sah er den einzigen Ausweg nur noch im Selbstmord. So begab er sich nächtens zum Haus seines Bruders am Meer, zu dem er den Schlüssel besaß und von dem er wußte, daß es leer war, nahm den Revolver aus dem Nachtschränkchen und führte, nachdem er lange nachgedacht hatte, den Lauf an die Schläfe und schoß. Der Revolver machte klick. Zitternd öffnete Jachino die Trommel des Revolvers und sah, daß nur eine defekte Patrone darin steckte. Da fand er eine aufgewickelte Schnur, band das eine Ende um einen Stecken, der zum Aufspannen der Wäscheleine auf dem Balkon diente, das andere Ende band er sich um den Hals und sprang. Der Stecken hielt das Gewicht nicht aus, er zerbrach, Jachino landete auf der Erde und brach sich dabei einen Fuß, während der zerbrochene Stecken ihm mit aller Kraft auf den Kopf schlug. Jachino stand wieder auf, lief humpelnd zum Meer, kletterte auf einen Felsen und stürzte sich in die Fluten. Er verlor das Bewußtsein.

Er bekam nicht mit, daß ein vorbeikommendes Fischerboot ihn herausgezogen hatte und er zum Arzt im Ort gebracht worden war. Als er die Augen öffnete, sah er den Arzt und die Krankenschwester und begriff, daß er nicht tot war. Er hoffte nun auf eine schwere Verwundung, die ihn bald schon ins Grab bringen würde.

»Was hab ich mir angetan?« fragte er besorgt.

»Nichts weiter«, antwortete der Arzt. »Eine leichte Kopfverletzung, die hab ich dir mit drei Stichen genäht, ein verrenkter Fuß, den hab ich dir gewickelt, und eine ganz schöne Menge Meerwasser hast du getrunken, das ist gut für die Durchspülung. Kleinigkeiten.«

»Mit einem Wort«, sagte Jachino zähneknirschend und voller Wut, »vertane Nacht und dann nur ein Mädchen.«

Panella Das ist eine frittierte flache Kichererbsenpaste, rechteckig geschnitten, als Belag für ein Brötchen.

In den dreißiger Jahren, als ich aufs Gymnasium ging, stellte sich der *Panellaro* dicht neben dem Schultor auf und verkaufte seine kochendheißen *panelle,* die weitaus mehr Zuspruch fanden als Salami oder Thunfisch (die dazu auch noch teurer waren). Leonardo Sciascia entwirft gleich zu Beginn des Romans *Tag der Eule* ein unvergleichliches Porträt des *Panellaro,* das sollte man wieder lesen.

Sagt man von einem Mann, er sei eine *panella,* will man zu verstehen geben, er sei ein Mensch ohne Mumm. Unter den Figuren in den Western, die im Kino von Signor Mezzano liefen, gab es neben dem Helden, der Heldin, dem Sheriff und dem Bösen immer wieder auch den leicht vertrottelten Alten, der mit kieksender, leicht brüchiger, leicht näselnder

Stimme redete und die Hauptdarsteller rettete, indem er selber von dem Bösen niedergeschossen wurde. Diesen Alten nannten wir in unserem Dialekt den »alten *Panella*«.

Apropos Kino von Signor Mezzano: Es war das einzige Kino in der Geschichte der Menschheit, das demokratisch war, was bedeutet, daß die Zuschauer einen Film, wenn er ihnen nicht gefiel, schreiend und lärmend unterbrechen konnten. Signor Mezzano hatte immer ein paar Ersatzstreifen, von denen er wußte, daß sie dem Publikum gefielen, wie etwa die Western mit Tom Mix und, wer weiß warum, *Die lustige Witwe* von Ernst Lubitsch. Die sofortige Auswechslung des im Programm stehenden Films mit einem dieser Ersatzstreifen brachte augenblicklich wieder Ruhe in den Saal. Auf diese Weise habe ich drei- oder viermal *Die lustige Witwe* gesehen. Das war – wie ich erst viel später begriffen habe – die beste Schauspiel- und Regieschule.

Tanztarantel Von einer »Tanztarantel« spricht man, wenn man einen Gedankengang kommentiert, der, nachdem er bis zu einem gewissen Punkt geradlinig und logisch verlaufen ist, zu völlig unlogischen Schlußfolgerungen gelangt.

Dabei ist anzumerken, daß bei uns, aber nicht nur bei uns, eine Tanztarantel jenes kleine Spinnentier ist, dessen Biß Wirkungen hervorruft, die einem epileptischen Anfall nicht unähnlich sind.

»Ich weiß nicht. Tanztarantel.« Diese verblüffende Erklärung wurde von Cavaliere Tàino, dem Lehrer der einzigen Dorfschule in meinem Ort, einem Schüler gegeben, der bei einem Fußballspiel war und ihn gefragt hatte, was »Bananenflanke« bedeute. Cavaliere Taìno war ein Mann von so abgrundtiefer Ignoranz, daß man ihm schon wieder Ansehen und Achtung entgegenbringen mußte.

Berühmt wurde seine Unterrichtsstunde über Christoph Columbus: »Um zu beweisen, daß die Erde nicht wie ein Baumblatt war, sondern wie eine Apfelsine, machte er sich mit drei *ciaravelle* nach Amerika auf.« Er meinte natürlich Karavellen, wie die mittelalterlichen Segelschiffe auch im Italienischen heißen, sprach es aber halbsizilianisch als *ciaravelle* aus. Nun konnte dieses Wort für eine Schülerschar, die aus lauter sizilianischen Bauernjungen bestand, nur die italienisierte Form des sizilianischen Worts *ciaraveddri* sein, das aber bedeutete in der Hochsprache: Geißlein. Man kann sich leicht vorstellen, was herauskam, als Cavaliere Taìno die Aufgabe stellte, Zeichnungen über Columbus und seine gefährliche Überfahrt anzufertigen.

Drei Tage nach dem Eintritt Italiens in den Zweiten Weltkrieg flogen drei französische Flugzeuge über unseren Ort und bombardierten ihn. Mutig trat Cavaliere Taìno vor sein Haus und feuerte aus seinem Doppelschußgewehr auf die Flugzeuge, die in einer Höhe von mindestens viertausend Metern flogen. Abends brüstete er sich dann im Club mit seiner Tat. Als 1943 dann die Alliierten auf Sizilien landeten, kam der Amtsarzt, ein Spaßmacher erster Güte, keuchend und völlig erschöpft zu ihm gelaufen.

»Cavaliere, erinnert Ihr Euch an den Tag, an dem Ihr die französischen Flugzeuge beschossen habt?«

»Natürlich erinnere ich mich«, sagte Cavaliere Taìno.

»Verwünscht soll der Tag sein, an dem Ihr Euch diesen glorreichen Gedanken habt einfallen lassen!«

»Wieso denn?«

»Wieso? Weil Euch an dem Tag einer von diesen

bescheuerten Piloten photographiert hat. Die Amerikaner haben mir dieses Photo gezeigt, es ist vergrößert worden, und man erkennt Euch darauf ganz genau. Die Amerikaner suchen Euch, sie gehen von Haus zu Haus, um Euch zu verhaften, als Feind Nummer eins.«

Cavaliere Taìno wurde bleich und mußte sich setzen. Der Arzt brachte ihm ein Glas Wasser. Darauf folgte quälende Stille.

»Wozu ratet Ihr mir?« fragte Cavaliere Taìno nach einer Weile mit hauchdünner Stimme.

»Flieht!« war die Antwort.

»Und wenn sie mich unterwegs erkennen?«

»Darum kümmere ich mich schon«, versicherte ihm der Amtsarzt. Und mit einem Zynismus sondergleichen brachte er ihm bei, wie er humpeln müsse, wie er tun solle, als wäre er auf einem Auge blind, wie er andere glauben lassen könne, seine Hand sei gelähmt.

Am Ende der Unterrichtsstunde umarmte Cavaliere Taìno den Arzt bewegt, warf vier Kleidungsstücke in einem Köfferchen zusammen und machte sich auf und davon. Nach einem Jahr kehrte er zurück (und man hatte nie herausgebracht, wo er sich versteckt gehalten hatte), als er überzeugt war, daß der Sturm sich endgültig gelegt hatte.

Dürrer Floh, Bohnenbrei ist eine »dicksämige
friß Bohnenbrei! Nahrung aus geschälten dicken
Bohnen, in Wasser gekocht, zu feinem Brei verrührt, unter der Beigabe von Olivenöl«.
Auf diese Beigabe von Olivenöl, die Mortillaro in seinem Kochbuch als wesentlichen Bestandteil bezeichnet, haben die Landbesitzer verzichtet, wenn sie

ihren Feldarbeitern Bohnenbrei zum Mittagessen gaben. Es mußte erst zu richtigen Bauernrevolten kommen (beispielsweise in Apulien), bevor die Landbesitzer das »Ölkreuz« auf den Bohnenbrei machten,
zwanzig Öltropfen in Form eines Kreuzes auf den
fest gewordenen Brei. Ein armes Essen also, besser gesagt ein Arme-Leute-Essen, um jedes Mißverständnis
mit der sündhaft teuren »armen« Küche auszu-
schließen, die die Diätologen von heute verschreiben,
wenn man abnehmen oder sich in Form halten will.

Die Worte des Titels zu dieser Geschichte bezie-
hen sich auf eine kurze Melodie, einen modulierten
Pfiff, mit dem sich die Portempedokliner, die sogenannten »Marineser«, verständigten und erkannten.
Dieser Pfiff ist sozusagen eine Nationalhymne in Mi-
niaturform. Sobald man die Grenzen meiner Hei-
matgemeinde überschreitet, macht er keinen Sinn
mehr, dann ist er ein Pfiff wie jeder andere – nicht jedoch für die »Marineser«.

Einer meiner Freunde war ein wichtiger Manager
eines Industrieunternehmens in Norditalien geworden, und in dieser Eigenschaft mußte er nach New
York. Nach einer Woche überkam ihn die Lust, ein
paar alte Landsleute in Brooklyn zu besuchen. Er fuhr
zur »Muttistrit«, weil er wußte, daß dort »Marineser«
wohnten. Es war spät in der Nacht, er kannte keine
Menschenseele. Er konnte gut pfeifen, und laut pfiff
er die Melodie von »Dürrer Floh, friß Bohnenbrei!«.

Ein paar Sekunden später sah er, wie Licht in einem Fenster anging, ein anderes wurde geöffnet, aus
einer Bar trat ein Mann und kam auf ihn zu.

»Was gibt's, Landsmann?«

Dann saß er schließlich an einem Tisch, an dem er
mit einem alten Mann Pasta mit Sardinen aß, und
der war ein Freund seines Großvaters gewesen.

Ruin meines Hauses! Das sagt man im Scherz über einen ungeschickten Mann, der sich an eher für Frauen bestimmte Arbeiten macht.

Am Ende des vergangenen Jahrhunderts tauchte während des Festes zu Ehren des Heiligen Calogero unter den Verkaufsständen mit Süßigkeiten ein Stand auf, der absolut neuartig war: Dort wurde *strattu* verkauft, Tomatenmark, aber, anders als man es bisher kannte, in versiegelten Blechdosen. Hausfrauen wußten, wie man Tomatenextrakt herstellte und aufbewahrte: entweder in Gläsern oder in Terrakottatöpfen. Diesen Blechdosen aber, die bereits das fertige Produkt enthielten, mißtrauten sie auf der Stelle und sagten: »Gott allein weiß, was da für eine Schweinerei drinsteckt.«

Schließlich war das Produkt ja nicht von Leuten hergestellt worden, die man kannte, sondern es kam von weit her, aus Neapel. Der Verkäufer hatte wenig Glück, er verkaufte höchstens vier bis fünf Dosen an die Herrschaften des Ortes. Eine davon erwarb allerdings Brasi Fradella, ein weitsichtiger Bauer, und brachte sie mit in sein Haus auf dem Land. Abends, nachdem die gelähmte Mutter und die vier Kinder zu Bett gebracht worden waren, räumte er den Tisch ab, stellte die Dose in die Mitte und befolgte die Anweisungen des Verkäufers, die darin bestanden, daß er ein Stück Glut auf den oberen Teil der Dose legen sollte, an der sich ein mit Zink versiegeltes Loch befand. Die Hitze würde das Zink zum Schmelzen bringen und eine Öffnung bilden, aus der das Mark problemlos herausfließen könnte.

Sie warteten still und gespannt, daß das Stück Glut seine Arbeit tat, aber es geschah nichts. Da nahm Brasi ein größeres Stück Glut und legte es oben auf die Dose. Auch jetzt passierte nichts. Die Spannung nahm zu.

»Sind wir uns auch ganz sicher, Brasi?« fragte seine Frau.

Als Antwort legte Brasi einen halben brennenden Holzscheit auf die Dose. Nichts geschah, gar nichts.

»Brasi, sind wir uns da auch ganz sicher?« fragte seine Frau leicht besorgt.

Brasi spürte, wie Panik sich in ihm ausbreitete, aber weil er ein Mann war, wollte er es sich nicht anmerken lassen. Sie warteten weiter, aber dann sprach seine Frau den Gedanken aus, den sie beide hatten:

»Brasi, und wenn's explodiert?«

Ein plötzliches Knacken in der Feuerstelle ließ Brasis letzten Widerstand zusammenbrechen.

»Bring die Kinder raus!« schrie er seiner Frau zu, während er sich seine alte Mutter auf die Schulter packte. So unerwartet und brutal geweckt, fingen die Kinder an zu weinen, und die Großmutter schrie aus vollem Hals.

»Weg vom Haus! Gehen wir weit weg vom Haus!« flehte ihn seine Frau an. Ihr stimmten, ohne zu wissen warum, auch die Kinder und die Großmutter zu. Brasi ließ sich überreden. Die gesamte Familie machte sich zum Haus des Verwalters meines Großvaters auf. An der Spitze des Zugs Brasis Frau, die sich an die Brust schlug, die Haare raufte und schrie: »Ruin meines Hauses!«

Hinter ihr gingen die vier Kinder, barfuß und weinend, und hinter ihnen Brasi mit seiner Mutter über der Schulter, die lauthals den Beistand des Heiligen Calogero erflehte. Der Verwalter wachte auf, kam herunter, war erschüttert von der Beschreibung der Gefahr, der sich die unglückliche Familie ausgesetzt sah, gab ihnen Stärkung und ließ sie im Stall schlafen.

Im Morgengrauen des nächsten Tages begab sich der Verwalter, der als mutiger Mann überall bekannt war, mit einem Doppellader zu Fradellas Haus, durch ein Fenster beobachtete er die bedrohliche und unversehrte Dose mitten auf dem Tisch, nahm sie ins Visier und schoß. Die Dose zerplatzte und verspritzte ihr Konservenblut an den Wänden, die Schüsse zerstörten die Kredenz und das gute Geschirr, das darin aufbewahrt wurde, doch die Fradellas konnten endlich wieder ihr Haus in Besitz nehmen.

Und das, was von der Dose übriggeblieben war, wurde zwei Meter tief im Boden vergraben.

Ein Schrecken 1911 diktierte Luigi Pirandello die Inschrift für eine Gedenktafel anläßlich der Einweihung der Grundschulen in meinem Heimatort. Die Gedenktafel konzentriert in zehn Zeilen das Grundthema von *Die Alten und die Jungen*. 1932 (oder 33?) wurde eine neue, größere Schule gebaut, doch diesmal, so scheint es, verspürte Pirandello keinerlei Lust, den Text für eine neue Gedenktafel zu diktieren. Sein Vorschlag lief darauf hinaus, man solle den Marmorstein von der alten Mauer abnehmen und an der neuen Mauer anbringen. Vielleicht hatte er ja zwanzig Jahre nach dem ersten Diktat seinen Worten nichts Neues mehr hinzuzufügen. Immerhin sagte er seine Teilnahme zu und hielt Wort.

Und so kam es, daß eines Nachmittags gegen drei, während ich nur mit einer Unterhose bekleidet war und ein Buch las und meine Eltern fest schliefen – zur der Zeit war es heiß –, jemand an die Türe klopfte und ich öffnen ging. Auf der Stelle fing mein Herz an zu pochen. Vor mir stand ein Alter, der mir wie ein Riese vorkam, mit einem Spitzbart, mit einer Uniform, die einem Admiral hätte gehören können, Degen, Tressen, Goldstickereien wohin man sah. Damals wußte ich noch nicht, daß dies die Uniform eines Mitglieds der Italienischen Akademie war. Er sah mich an und fragte mich im Tonfall unserer Gegend:

»Bist du der Enkel von Carolina Camilleri?«

»Ja«, antwortete ich zitternd, denn dieser Mann da vor mir war wirklich ein Schrecken.

»Könntest du sie wohl rufen? Sag ihr, daß Luigino Pirandello sie gerne sehen würde.«

Ich betrat das Schlafzimmer meiner Großmutter und weckte sie, indem ich sie schüttelte.

»Nonna, draußen ist einer, der heißt Luigino Pirandello.«

Meine Großmutter sprang vom Bett, stellte völlig benommen die Füße auf den Boden, ich hatte den Eindruck, sie hätte angefangen zu klagen, als sie sich unter Mühen anzog. Ihre Reaktion versetzte mich in noch größeren Schrecken. Ich lief ins Schlafzimmer meiner Eltern, weckte sie, sagte, daß draußen ein schrecklicher Mann stehe, der Pirandello heiße und Nonna Carolina sehen wolle. Papas und Mamas Reaktion streckte mich förmlich nieder. Ich flüchtete mich in einen Unterschlupf, wo ich mich sicher wußte, aber zuerst hatte ich Gelegenheit zu sehen, wie dieser Schrecken und meine Großmutter sich umarmten, sie weinte, er hielt sie eng an sich gedrückt, klopfte ihr mit der Hand auf den Rücken und sagte etwas, das sich anhörte, als würde er sich beklagen: »Ach, unsere Jugendzeit! Unsere Jugendzeit!«

Was dann folgte, habe ich nie erfahren, denn ich versteckte mich unter dem Schreibtisch meines Vaters, hielt mir die Ohren zu, kniff die Augen zusammen und unterdrückte den Schluckauf.

Dann kam der Krieg in Abessinien, und ich, der damals ungefähr zehn Jahre alt war, stellte zusammen mit meinem Freund Benuzzu einen Antrag auf freiwillige Teilnahme an diesem Krieg. Zu Hause erzählten wir nichts, und monatelang erhielten wir keine Antwort.

Dann sagte mein Vater eines Tages, daß Professore Pirandello mich sprechen wolle. Ich sprang auf und fing gleich an zu schwitzen.

»Der Schrecken? Signor Luigino?«

»Nein, sein Bruder.«

Innocenzo Pirandello, der an der Handelsschule unterrichtete, war der Präsident des Faschistischen Jugendwerks unserer Gegend, dessen Mitglied ich war. Allerdings hatte ich ihn noch nie gesehen, weder bei den Samstagsversammlungen noch bei den großen Kundgebungen.

Er empfing mich bei sich zu Hause, er hatte nichts von dem Schrecken wie sein Bruder, im Gegenteil, er trug einen Schal über der Schulter und sah genau wie mein Großvater aus (einen ähnlichen Schal habe ich dann viele Jahre später in Rom auf den Schultern seines Neffen Fausto gesehen, des Malers, der mich mit einer stillen Freundschaft ehrte). Er überreichte mir einen Brief, der mit dem großen M Mussolinis unterzeichnet war: Der Duce lobte mich dafür, daß ich mich als Kriegsfreiwilliger gemeldet hatte, sagte, daß er mich im Augenblick noch nicht brauche, in der Zukunft aber gerne auf mich zurückkommen würde, weil es nicht an Gelegenheiten fehlen werde, sich eines mutigen jungen Mannes zu bedienen, wie ich es sei.

Als mein Vater eines Tages eine Zeitung mit nach Hause brachte, in der stand, daß Luigi Pirandello gestorben sei, woraufhin meiner Großmutter die Tränen aus den Augen schossen, verspürte ich, das gestehe ich, so etwas wie Erleichterung: Nie mehr würde er gleich nach dem Mittagessen auftauchen und mich erschrecken. Ist das der Grund, weshalb ich, als ich Regisseur wurde, mich entschlossen habe, die Werke Pirandellos erst ziemlich spät zu inszenieren? Möglich, aber die Wahrheit ist, daß ich mich, als ich sein erstes Theaterstück kennengelernt hatte, auch auf die anderen so gründlich einließ, daß ich mir wie eine Fliege auf einem Fliegenpapier vorkam. Und ich dachte lange über sie nach, Tag und Nacht, und ich schrieb darüber und sprach davon und kämpfte um sie auf der Bühne mit wechselndem Erfolg.

1979, anläßlich eines Schaupiels von mir, das *Die Riesen vom Berge* und *Das Märchen vom vertauschten Sohn* zusammenfaßte, schrieb der Theaterkritiker der Zeitung »Il Tempo«, Giorgio Prosperi: »Camilleri ist nicht nur Pirandello-Spezialist, sondern stammt auch aus Porto Empedocle, Agrigents Zugang zum Meer. Das ist so, wie wenn man sagt, er ist bei Pirandello zu Hause, er duzt ihn und darf sich Freiheiten herausnehmen, die im übrigen durch lange Erarbeitungen und immer wiederholtes Lesen gerechtfertigt sind.« Es stimmt zwar, daß zumindest meine Eltern und Großeltern mit Pirandello häuslich verkehrt haben, und es ist auch richtig, daß ich ihn viele Jahre hindurch erforscht, erarbeitet, ja, und auch immer wieder gelesen habe. Aber eine Freiheit habe ich mir ihm gegenüber nie erlaubt, und es wäre mir nicht einmal im Traum eingefallen, ihn zu duzen. Während ich diese Zeilen niederschreibe, wird mir bewußt, daß ich beinahe das gleiche Alter habe wie er, als er in mein elterliches Haus kam und ich, ein Kind, ihm die Türe öffnete: Aber auch heute noch würde ich, wenn ich mich an ihn wenden sollte, *Voscenza* zu ihm sagen, was bedeutet: Euer Exzellenz.

Gutes Papier
für leichtes Gebäck
Die *cubbàita* ist ein Gebäck, das aus gerösteten Mandeln und gekochtem Honig besteht, rechteckig oder streifenförmig geschnitten und in festes ölhaltiges Papier eingepackt wird. Die *cubbàita*-Bäcker, die fast alle aus dem Inneren Siziliens stammten, kamen in meinen Heimatort, um dort ihre Verkaufsstände aufzustellen, die sie mit buntem Papier festlich herrichteten und abends mit hell scheinenden Karbidgaslampen beleuchteten. Sie verkauften sogar Eis vom Lande, einen Zuckerteig aus grellen Farben, der überhaupt nichts mit richtigem Eis zu tun hatte. Auch Verkäufer von leicht angerösteten Kichererbsen und Samenkörnern gab es da. Heute bieten die Verkaufsstände bei feierlichen Gelegenheiten Transistorradios, CDs, Videogeräte, Videokassetten, Fernsehgeräte und Computer feil.

Ich vergaß, das Selbstverständliche zu erwähnen, das heißt, daß die Redewendung im Titel gebraucht wird, um auf etwas hinzuweisen, das äußerlich schön aussieht, aber wenig Substanz enthält. Etwa wie heute beim Feinkosthändler, wenn hundert Gramm Salami in Ölpapier, in Tütenpapier, in schweres weißes Papier eingewickelt und erst dann abgewogen und entsprechend berechnet werden.

Bei den ersten freien Wahlen im Jahr 1946 gingen ich und meine Freunde aus dem Ort zu sämtlichen Wahlveranstaltungen sämtlicher Parteien. Die waren viel besser als das Kino, sie lösten endlose Diskussionen und Überlegungen aus. Und der eine oder andere Kandidat glaubte, angesichts der vielen Menschen auf der Piazza, bereits an breite Zustimmung.

Aufgrund einer Grippeattacke mußte ich eine lange erwartete Veranstaltung eines Parteiführers auslassen, der im Ruf stand, gebildet und ein Mann von Raffinement zu sein und intelligente Literatur zu lesen. Er wurde dann Staatspräsident.

Mein Freund Ciccio kam hinterher zu mir und berichtete mir darüber, von der formalen Eleganz des Redners, seinem Geschmack für das gebildete Zitat, seiner Finesse, etwas ironisch einzuhüllen, und von einer leichten Schwermut, von der Schärfe des Gedankens, von sanften, nachdenklichen Gesten. Dann machte er eine lange Pause, sah mich an, und wie nach einer langen Gewissenserforschung kam er zu dem Schluß: »Gutes Papier für leichtes Gebäck.«

Die Fußfalle Nichts Großes, nichts Aufwendiges, gerade nur soviel, daß der Fuß in eine geschickt vorbereitete Grube einbricht. Im übertragenen Sinn legen wir diesem Wort die Bedeutung von Falle, List, Täuschung bei.

Die Fußfalle war ein brutales Spiel, das wir im Sommer am Strand trieben. Wir gruben, unbeobachtet, eine Vertiefung von ungefähr sechzig Zentimetern in die Erde, der Umfang entsprach der Größe eines Fußes. Der obere Rand wurde mit dünnen Holzstöckchen bedeckt und darauf eine Zeitungsseite gelegt, die wiederum unter einer dünnen Sandschicht verschwand. Auf diese Weise konnte man das Loch, die Grube, nicht mehr erkennen, und irgendwann würde schon jemand hineintappen.

Als ich fünfzehn war, verliebte ich mich in Cettina Infantino, und sie gab mir zu verstehen, daß sie meine Gefühle für sie mochte. Natürlich nicht mit Worten, dazu gab es überhaupt keine Gelegenheit, das wäre auch nicht gebilligt worden. Wir begnügten uns mit langen, schmachtenden Blicken.

Als der Sommer kam, vertraute ich die Geschichte meinen beiden Freunden an, und die drangen darauf, daß ich mich Cettina gegenüber nun mit Worten »erklären« müsse. So kam es, daß mir eines Tages, als die Eltern und Geschwister gerade im Meer badeten, meine Freunde klarmachten, dies sei jetzt der richtige Augenblick: Sie zeigten mir einen verschlungenen Weg zwischen Liegestühlen, Sonnenschirmen und Umkleidekabinen, damit man mich nicht sehen konnte. Ich wollte ganz zwanglos wirken, kaufte beim Eismann ein Eis und machte mich auf zu dem Mädchen, und zwar genau auf dem mir vorgegebenen Weg. Ich brauche wohl nicht ausdrücklich zu sagen, daß die beiden mir eine Fußfalle vorbereitet hatten, und wenige Meter von Cettina entfernt brach ich ein, das Eis landete in meinem Gesicht, und das Mädchen schüttelte sich vor Lachen. Das war das Ende unserer Liebe. Ein paar Monate später zog Cettina in eine andere Stadt und ich, nach dem Studium, ebenfalls.

Im vergangenen Jahr habe ich sie am Meer bei uns wiedergesehen, sie spielte mit ihrem Enkel. Auch sie gab zu erkennen, daß sie mich wiedererkannt hatte. Da stand ich auf, um zu ihr hinüberzugehen und sie zu begrüßen, und während ich auf sie zuging, fegte ihr Lächeln, das sich nur unter Mühe nicht in ein großes Lachen verwandelte, von unseren Schultern über fünfzig Jahre unseres Lebens hinweg.

Sex mit einer Hinkenden Über die Vorstellung, daß der Geschlechtsakt mit einer hinkenden Frau Quell unvergleichlicher Freuden im Vergleich zu einer normalen Frau sei, ist viel geschrieben und diskutiert worden. Überaus ernst zu nehmende Wissenschaftler haben Erklärungen für diese Anschauung vom anatomischen Standpunkt aus zu geben versucht, womit sie erst einmal vorausgesetzt haben, daß sie zutreffend sei. Montaigne mit seinem scharfen und rationalen Verstand hat eine ausführliche Abhandlung darüber geschrieben. Er gestand, von einer Hinkenden höchste Wonnen erfahren zu haben. Allerdings konnte er nicht erklären, ob diese Wonnen wirklich waren oder nur die Auswirkungen einer bestimmten Vorstellung.

Ein Freund von mir, der heute pensionierter Professor für Theatergeschichte ist, wurde nach dem Krieg entfaschistisiert. Um überleben zu können, übte er viele Tätigkeiten aus, unter anderem war er so etwas wie der Geschäftsführer einer beinamputierten Hure. Er glaubte schon, jetzt müsse er ein tristes Leben fristen, statt dessen flossen Millionen durch seine Hände. Die Amputation stand offensichtlich noch höher im Kurs als die Hinkerei.

Baron Scammacca war für seinen Geiz bekannt. Gerade war er dabei, im Salon seiner Villa den Mitgiftsvertrag seiner Tochter zu diktieren, die sehr hübsch war, aber hinkte. Plötzlich, wie vom Blitz erleuchtet, erinnerte er sich, was man sich über die verborgenen Wonnen einer hinkenden Frau erzählte. Die Zeremonie wurde unterbrochen, der Baron flog die Treppe hinauf, stürzte in die Küche, packte sich die hinkende Köchin, schleifte sie in eine Abstellkammer, immer noch kein Wort redend besaß er sie, eilte wieder die Treppe hinunter, platzte in den Salon, lächelte beglückt und wies den Notar an, einen neuen Vertrag aufzusetzen: Die Mitgift seiner Tochter solle halbiert werden. Und als er den künftigen Schwiegersohn, der heftig protestierte, in eine abgelegene Ecke gezogen hatte, sagte er zu ihm: »Eigentlich müßtest du mich bezahlen. Das Bett meiner Tochter ist wesentlich mehr wert als die halbe Mitgift.«

Pirandellos
verschrobene Einfälle
Daß Pirandello aus unserer Gegend stammte, wußten alle, Bauern wie Fischer, auch in der Zeit vor dem Fernsehen. Sie wußten sogar, daß er *omu di littra* war, Homme de lettres, und malten ihn sich, ohne ihn je persönlich kennengelernt zu haben, als einen hirnlastigen Menschen mit verschrobenen Gedankengängen aus. Kurz gesagt, sie übertrugen die keineswegs leichten Farben seiner Theatergestalten auf den Menschen Pirandello.

Man sprach von »Pirandellos verschrobenen Einfällen«, um verwickelte Familienverhältnisse zu beschreiben oder Personen, die für tot gehalten worden waren, dann aber plötzlich wieder leibhaftig vor einem stehen, oder umgekehrt Personen, von denen man glaubte, sie lebten noch, die in Wirklichkeit aber längst gestorben waren. Dann veränderte sich alles sehr schnell, und alle Welt glaubte, alles über Pirandello zu wissen, durch Theateraufführungen, Vorträge, Diskussionen oder Dokumentarfilme.

An einem Sommerabend des Jahres 1960 (ich war für die Ferien in meinen Heimatort zurückgekehrt) sah ich mir im Fernsehen eine Aufführung von Pirandellos *Heinrich IV.* an, als es an die Tür klopfte und ein alter Bauer vor mir stand. Er hatte mich vormittags um den Gefallen gebeten, ihm eine lange und sehr vertrackte Bittschrift aufzusetzen. Er gab mir die entsprechenden Dokumente und Papiere, und ich fing an zu schreiben, während er sich vor den eingeschalteten Fernseher setzte. Ich sah, wie er immer aufmerksamer wurde, sich nach vorne neigte und die Arme auf seine Beine legte. Ich war fertig, als auch das Stück kurz zuvor zu Ende war.

»Hat es Euch gefallen?« fragte ich.

Er verzog sein Gesicht und richtete sich auf.

»Na ja! Da gibt es einen, der sagt, er ist der Kaiser, aber das ist er gar nicht. Aber er wird es wirklich,

wenn es ihm in den Kram paßt, um aus einer Mord-
geschichte herauszukommen. Und die anderen glauben ihm mal, mal glauben sie ihm nicht. Kommt mir
vor wie Pirandellos verschrobene Einfälle.«

Sich anschauen Wenn wir »sich anschauen« sagen,
meinen wir damit auch, daß zwei
oder mehr Personen ein heimliches, ein verborgenes
Gespräch aufnehmen.

Ein uraltes Mimodram erzählt, wie zwei Sizilianer
wegen eines bestimmten Vergehens in der Fremde
verhaftet wurden. Man sperrte sie in getrennte Zellen
ein, damit sie nicht miteinander sprechen und eine ge-
meinsame Verteidigungsstrategie entwickeln konnten. Der Prozeß fand vor dem König statt, die beiden
Sizilianer wurden hereingeführt, zwischen ihnen war
ein großer räumlicher Abstand, jedoch so, daß sie
sich sehen konnten. Und in der Tat, sie sahen sich
blitzschnell an. Diese Blicke wurden vom Ersten Minister des Königs, der ebenfalls ein Sizilianer war, auf-
gefangen, und er rief: »Majestät, sie haben geredet!«

Eine Gegenüberstellung war vollkommen sinn-
los: Die beiden hatten sich, ohne ein Wort zu sagen,
miteinander verständigt.

Und nun stellt sich die Frage, wieso der sizilian-
sche Mensch dieses stumme System der Kommunika-
tion zu höchster Form entwickelt hat. Eine mögliche
Antwort könnte wohl in den wechselnden Fremd-
herrschaften liegen, die auf der Insel ständig aufeinan-
derfolgten, von den Griechen bis zur Mafia, die es
notwendig machten, sich unablässig vor Spitzeln der
Macht zu schützen. Der Sizilianer weiß sehr genau,
daß er nicht einmal Worten trauen darf. Gewiß, Wor-

te fliegen, aber während sie hin und her fliegen, könnten sie sich im Pavillon indiskreter Ohren einnisten.

Einmal inszenierte ich ein Theaterstück von Nino Martoglio, das von einem Komponisten aus Catania, Maestro Sangiorgi, in eine Oper verwandelt worden war, und ich hatte einen hervorragenden Schauspieler zur Verfügung, Turi Pandolfini, der in jungen Jahren sehr viel mit Martoglio und Pirandello zusammengearbeitet hatte. Wir wissen von der tiefen Freundschaft, die die beiden für eine bestimmte Zeit verband. Die Kunst der sizilianischen Freundschaft ist eine schwierige Kunst, sie gründet mehr auf dem Nichtgesagten und Intuitiven als auf dem Expliziten.

Wenn Luigi Pirandello seinen Brief vom 28. Dezember 1915 an Martoglio folgendermaßen beendet: »Mein Herz gehört ganz Dir. Ich küsse Dich mit einem brüderlichen Kuß, Dein Luigi«, dann steht Nino Martoglios Brief vom 16. Januar 1917 ihm in nichts nach, wenn er ihn mit den Worten abschließt: »Ich umarme Dich und sage Dir noch einmal, wieviel Freude ich empfinde, Dein Freund zu sein und mich von Dir geliebt zu wissen. Dein Dir in tiefster Treue ergebener Nino.« Die Hingabe beider ist absolut, und gerade weil sie eine solche Höhe erreicht, genügt eine winzige Kleinigkeit, ein Augenschlag eben, ein Wort, ein Stillschweigen, daß sich einer der beiden verraten, verhöhnt und gedemütigt fühlt.

Daher fragte ich Pandolfini während einer Probenpause: »Haben Pirandello und Martoglio, wenn sie zusammen waren, beispielsweise bei einer Theaterprobe, eigentlich miteinander geredet?«

»Ja«, sagte er sofort, »sie sprachen lange miteinander, sie führten komplizierte Gespräche, die nie aufhören wollten. Aber ganz ohne Worte.«

»Ja, wie denn dann?«

»Ganz einfach. Sie schauten sich an.«

Der Tote in der Vorratskammer Das bedeutet nun keinesfalls, daß man ein Skelett in der Vorratskammer aufbewahrt. Pirandello übersetzte die sizilianische Redensart ins Italienische mit »den Toten abgestellt haben«, was bedeutet, daß man den Toten beiseite hielt. Aber diese Übersetzung ist ungenau, denn der Tote befand sich wirklich in der Vorrats- oder Speisekammer, die keine Fenster hatte, dort, wo man in Salzlauge eingelegte Oliven, Olivenöl, gesalzene Sardinen, Zwiebeln und Knoblauch und auch bestimmtes Obst aufbewahrte, das lange lagern konnte. Die Vorratskammer wird von Mortillaro als »abgeschiedener, geheimer Ort« bezeichnet, in dem man sozusagen vor Fremden verbarg, was man als Lebensmittelvorrat besaß. Drinnen roch es einmalig und unverwechselbar. Heute gibt es das nicht mehr.

Man erzählt sich die Geschichte von einem fünfjährigen Kind, das vom Vater geweckt wurde, um mit ihm um vier Uhr morgens auf die Jagd zu gehen. Das Kind hatte den Auftrag nachzuschauen, wie der Tag werden würde, und öffnete, noch völlig schlaftrunken, die Türe zur Vorratskammer statt des Fensters, und zum sprachlosen Vater sagte es: »Der Tag ist schwarz und stinkt nach Käse.«

Einen Toten in der Vorratskammer aufbewahren bedeutet, auf die Beerbung eines Menschen zu warten, der mit Sicherheit entweder wegen seines Alters oder wegen einer Krankheit bald sterben wird. Dieses »mit Sicherheit«, das mir aus der Feder geflossen ist, bedeutet: blinde Hoffnung, denn oft genug hat man gesehen, daß Urgroßväter in aller Ruhe die Blutbäder ihrer Urenkel überlebten.

Als ich klein war, ging meine Mutter oft ihre Freundin Lina besuchen und nahm mich mit. Und von dieser Signora Lina hörte ich zum ersten Mal diesen Satz, der mich erschreckte. Nach einer Weile bekam ich Hunger und fragte, ob ich etwas zu essen bekommen könnte. Signora Lina sagte mir, ich solle in die Vorratskammer gehen und mir alles nehmen, was ich haben wollte. Ich weigerte mich und hielt sogar auch dann durch, als meine Mutter mir ein paar auf die Finger gab. Ich hatte einfach keine Lust, dem Toten zu begegnen, den Signora Lina in der Vorratskammer aufbewahrte.

Tragöde Leonardo Sciascia macht in seiner Erzählung *Kirmes* einen feinen Unterschied zwischen zwei »Tragöden«, dem einen aus der Gegend um Palermo und dem anderen aus der engeren Umgebung von Racalmuto, Sciascias Heimatort. Der erste ist derjenige, der »seine Familienangehörigen drangsaliert«, und der andere jemand, der »ein erfindungsreicher Feind seiner selbst« ist.

Dort, wo ich herkomme, und das ist nur ein Steinwurf von Racalmuto entfernt, bedeutet »Tragöde« etwas völlig anderes, nämlich jemand, der Witze und Streiche »organisiert«, die manchmal auch ziemlich plump sein und durchaus heftig auf des Erfinders Haupt zurückfallen können.

Oft braucht der »Tragöde« zur Ausführung seines Plans Dritte, Söldnerseelen, die, eben weil sie eine Söldnermentalität haben, gelegentlich auch zu dem überwechseln, der sich wegen eines an ihm verübten Streichs rächen will.

Ein klassisches Beispiel: Totò Gomez, emeritierter »Tragöde«, gegen den der halbe Ort dumpfe Rachegefühle hegte, mußte aus geschäftlichen Gründen für ungefähr zwei Wochen nach Palermo fahren. Vorsichtshalber sagte er zu niemandem etwas über diese

Reise. Lediglich einen, der gelegentlich sein Komplize war, weihte er in seinen Plan ein. Und das war ein Fehler. In Windeseile erzählte der eine allen, die Opfer von Totò Gomez' Streichen geworden waren, von dieser geplanten Abwesenheit: Sofern es sie juckte, sollten sie jetzt zurückschlagen. Die Opfer schlossen sich auf der Stelle in einer Art Komitee zusammen und trafen sich pausenlos zu heimlichen Zusammenkünften. Totò war am 28. Oktober abgereist. Um es kurz zu machen: Die Bewohner des Ortes, die am 2. November einen Besuch an den Gräbern ihrer Verstorbenen machten, fanden ein frisch aufgehäuftes Grab, einen Marmorstein mit dem Photo von Totò Gomez und seinem Geburts- und Sterbedatum vor, während gleichzeitig im ganzen Ort Traueranzeigen an die Häuserwände geklebt wurden. Und weil Totò Gomez keine Verwandten hatte und alleine lebte, wurde sein Tod auch nicht dementiert.

Gomez wußte von alledem nichts, er kehrte ungefähr zehn Tage später zurück, gegen fünf Uhr morgens, er war müde, roch den Duft von frisch gebackenem Brot, betrat die Bäckerei und kaufte sich eine *mafalda*. Bei seinem Anblick stieß die Bäckerin einen Schrei aus und fiel in Ohnmacht. Ihre Brüder, ebenfalls entsetzt, aber praktischer veranlagt, öffneten den Backofen und schrien: »Zurück in die Hölle mit dir, du verdammte Seele!«

Unter lautem Geschrei und Verwünschungen ausstoßend, wollten sie mit Mistgabeln und Brotschiebern bewaffnet den in Panik geratenen Totò zwingen, sich in die Flammen zu stürzen. Nur mit Mühe entging er der Einäscherung.

Ein Zentimeter mehr oder weniger Kapitän Caci ist, wie er sagte, ein großer Mann auf dem Meer gewesen. Er behauptete, er habe zweimal das Kap Horn umschifft, und das unter absolut dramatischen Umständen. Aber niemand hatte ihn je auf einem Boot gesehen und auch nie bei Spaziergängen am Strand beobachtet. Er ging nie dicht ans Meer, er zog es vor, sich in gehöriger Entfernung von ihm zu halten, seine Füße fest der sicheren Erde verhaftet.

Dafür war er ein guter Maurerpolier und hatte sich darangemacht, kleine Häuser für die Fischer zu bauen, ein-, höchstenfalls zweigeschossig. Sie hatten allesamt einen Fehler, der so etwas wie ein Markenzeichen war: Die Mauern waren nie im Lot, und die Häuser neigten sich mal nach der einen, mal nach der anderen Seite. Zwischen den Verbindungen der einzelnen Zimmer mußten zwei bis drei Stufen eingebaut werden, um die unterschiedlichen Ebenen auszugleichen. Der Balkon an der Vorderseite hing unweigerlich etwas nach vorn oder war auf völlig absurde Weise schief.

Als Fofò Allotta sich bei Kapitän Caci beschwerte, weil, wenn er aus dem Schlafzimmer kam, die Neigung derart war, daß er gegen die Klotüre prallte, antwortete der ihm: »Ein Zentimeter mehr oder weniger, darauf kommt's beim Bau nicht an.«

Bei der Überschwemmung von 1937 wurden fast alle Häuser des Ortes zerstört. Nur die von Kapitän Caci blieben unversehrt und bildeten ein kleines Viertel. In dieser Verwüstung ringsum wirkten sie wie das Delirium *en plein air* eines expressionistischen Bühnenbildners. Der aus Palermo kommende Ingenieur, der die Schäden feststellen und gegen diesen Ruin mit geeigneten Hilfsmaßnahmen angehen sollte, sah diese Gruppe von schiefen Häusern, war der festen Überzeugung, daß sie einsturzgefährdet seien und veranlaßte ihren Abbruch. Das kostete viel Geld und ebensoviel Arbeit, denn die Bauten von Kapitän Caci waren zwar schief, aber auch ungeheuer solide.

Mit diesem Mann teilt man kein Brot Von allen negativen Dingen, die man von einem Menschen sagen kann, ist das mit Sicherheit das schlimmste. Denn indem man so etwas sagt, beschuldigt man ihn, daß er nicht einmal die ungeschriebenen, aber heiligen Gesetze der Gastfreundschaft respektiert: Jemand teilt mit einem anderen ein Stück Brot, und dieser mißbraucht diese Geste der Freundschaft auf unverschämte Weise.

Im Gegensatz zu vielen anderen Menschentypen, die immer mehr verschwinden, handelt es sich hier um einen Typus, dessen Auftreten sich mit geometrischer Geschwindigkeit vermehrt.

Gerade dieser Tage noch gab mir eine Zeitungsüberschrift recht: »Er gibt seinem Cousin ein Rezept und dieser vergewaltigt die achtjährige Tochter«.

Und man braucht ja nur an die sogenannten Kronzeugen unter den Terroristen zu denken, die alles mit ihren Genossen geteilt haben, Verbrechen, Flucht, Risiken, Gefahren und vor allem Brot, und dann waren sie bereit, sie zu denunzieren.

Auch in der Geschichte unseres Landes gibt es das Beispiel eines Mannes, mit dem man sein Brot besser nicht teilte. Dieser Mann war, meiner bescheidenen Auffassung nach, der General Nino Bixio, Garibaldis rechte Hand nach der Landung der Befreiungstruppen des *Risorgimento* in Marsala, der sich in den Häusern, in denen er zu Tisch geladen war, goldene Uhren in die Tasche steckte. Und bei den Aufständen der Landbevölkerung von Bronte, die er blutig niederschlug, ließ er keinen Zweifel daran, was in ihm steckte.

Der bei den Tempeln vergessene Engländer Das Tal der Tempel von Agrigent ist seit Jahrhunderten das Ziel von Besuchern aus aller Welt. So manches Mal kam es schon vor, daß sich ein ausländischer Besucher, der sich von seiner Gruppe gelöst hatte, nicht mehr zurechtfand und stundenlang in dem Ruinenfeld herumirrte, bevor er auf jemanden stieß, der ihm helfen konnte.

Peppi Gangitano, ein »Tragöde« aus Porto Empedocle, der ständig Streiche im Kopf hatte, verkleidete sich eines Samstagnachmittags als Engländer (Kniebundhose, karierte Strümpfe, Pullover, Mütze, Pfeife im Mund, Fernglas über der Schulter und den »Baedeker« unterm Arm) und ging zu den Tempeln. Als die Dämmerung hereinbrach, tat er, als habe er sich verirrt, und klopfte an die Türe eines Bauernhauses. In einem Tonfall, der ans Englische erinnern sollte, erklärte er seine Lage. Er wurde aufgenommen, gestärkt und über Nacht gastfreundlich dort behalten. Als er sah, wie erfolgreich dieses erste Experiment ausgegangen war, wiederholte er die Komödie einen ganzen Monat lang an jedem Samstag. Sein Vergnügen bestand darin, daß er sich völlig absurde Dinge herausnahm (er furzte laut zum Zeichen des Dankes, küßte die hübscheste Frau der Familie auf den Mund, um seine Dankbarkeit auszudrücken, ging vor dem Abendessen auf den Händen und mit den Beinen in der Luft herum und animierte die Anwesenden, das gleiche zu tun, oder er kotzte am Ende der Mahlzeit auf den Tisch).

Danach erzählte er seinen Freunden in allen Einzelheiten, was für Gesichter seine Gastgeber gemacht und welche Reaktionen sie gezeigt hatten.

Doch eines Tages gab es eine Kindstaufe, und einige von den Familien, die den Besuch des falschen Engländers bekommen hatten, trafen bei dieser Gelegenheit zusammen, redeten über diesen eigentümlichen Fremden und gelangten zu dem einfachen Schluß, daß es sich bei ihm um jemanden handeln müsse, der sich auf ihre Kosten amüsierte.

Am folgenden Samstag konnte Peppi Gangitano sich nicht als Engländer verkleiden, er mußte am Bett eines alten Onkels verweilen, den er sehr gern hatte.

Der Zufall wollte es, daß ausgerechnet an diesem Tag ein wirklicher Engländer, ein gewisser James Gifford, sich im Tal der Tempel verirrte. Er klopfte an die Türe eines Bauernhauses und wurde mit großer Freude empfangen, er wurde gewaschen, an den Tisch gesetzt und im besten Zimmer und im besten Bett zur Nachtruhe gelegt. Als sein Schlaf die schönste Tiefe erreicht hatte, berührte eine Hand ihn freundlich an der Schulter, er wachte auf und erlebte einen Albtraum: Unter schrillem Geschrei und Verwünschungen stürzte sich die gesamte Familie auf ihn und traktierte ihn mit Schöpflöffeln und Besenstielen. Dann wurde er mit Fußtritten hinausbefördert, und man warf ihm seine Kleider hinterher. Zu Fuß erreichte er in der Nacht Agrigent.

Nach seiner Rückkehr nach England schrieb er einen Brief an die *Times*, in dem er von seinem Abenteuer erzählte. Weil er sich diese Behandlung nicht erklären konnte, war er der Meinung, daß es sich hierbei um ein uraltes Gastfreundschaftsritual handeln könnte, und forderte die englischen Wissenschaftler auf, dieses ethnologische Phänomen zu erforschen.

Das schlechte Gewissen Vom schlechten Gewissen
von Vincenzo Inclima Vincenzo Inclimas erzählte
mir meine Großmutter im-
mer, wenn ich, nachdem ich eine Eidechse getötet
oder eine Grille seziert hatte, dumpfe Gewissens-
bisse bekam und vergeblich versuchte, die Untat un-
geschehen zu machen.

Vincenzo Inclima war ein begeisterter Jäger. Eines
Tages schoß er auf einen Hasen, traf aber mit einem
leichten Streifschuß den Handrücken eines kleinen
Mädchens, das sich in der Nähe befand. Die Sache
selbst war nicht weiter schlimm, nur das Gebrüll des
Mädchens, das überstieg alles. In der Nacht konnte
Vincenzo Inclima kein Auge zumachen, ihn überkam das schlechte Gewissen, daß er die Ursache für
das herzzerreißende Geschrei der Kleinen gewesen
war. Am nächsten Morgen, einem Festtag, stieg er
in den Ort hinauf und erblickte auf der Piazza den
Vater des Mädchens, und, von einem unwidersteh-
lichen Drang getrieben, fiel er vor ihm auf die Knie,
schlug sich an die Brust und bat um Verzeihung.
Doch das Gewehr, das er immer über der Schulter
trug, berührte mit dem Kolben die Erde so heftig,
daß sich ein Schuß löste, der den sündhaft teuren
neuen Hut des Vaters durchlöcherte.

Ganz eindeutig wollte meine Großmutter mir mit
der Geschichte klarmachen, daß bestimmte Gewis-
sensbisse im Gewissen der einzelnen Person verblei-
ben und nicht in sinnlose Wiedergutmachungsaktio-
nen verwandelt werden sollten.

Viele Jahre später wurde mir dies durch Vittorio
Bodini bestätigt, dem hervorragenden Übersetzer
der italienischen Version des *Don Quixote* und der
Theaterstücke von García Lorca. Als Schüler warf er
in einem unbeobachteten Augenblick ein Tintenfaß
gegen die Büste des Dichters Giosuè Carducci, die
auf dem Schulhof stand. Regen und Unwetter konn-

ten diesen Fleck nie abwaschen. Nachdem er als Lyriker allgemein bekannt geworden war, erhielt er für einen Gedichtband den Preis, der auch heute noch nach Carducci benannt ist. Von Gewissensbissen über seine jugendliche Missetat gepeinigt, ging Bodini mit Spachtel, Meißel und Hammer versehen nachts auf den Schulhof und versuchte, den Fleck zum Verschwinden zu bringen. Ungeschickt und nervös (es wäre einigermaßen schwierig gewesen, seine Anwesenheit zu dieser Stunde dem Schulhausmeister zu erklären) brachte es Bodini schließlich sogar fertig, auch noch Carduccis Nase abzuschlagen.

Das Geschlecht der Frau hat weder Geschichte noch Erinnerung Dieser Satz will die außerordentliche Fähigkeit zu vergessen zum Ausdruck bringen, die eine Frau besitzen sollte. Und wer sich dieser Ansicht nicht anschließen will, dem pflegt man die Geschichte von Pino, dem Landvermesser, zu erzählen.

Pino war noch keine zehn Tage verheiratet, da mußte er in den Abessinischen Krieg ziehen. Vier Jahre später kehrte er zurück, und seine Frau wurde ohnmächtig, als sie ihn durch die Türe kommen sah. Die Liebesbezeugungen seiner Frau waren vielfach und derart und so unendlich aufrichtig, daß der Landvermesser wie vor Glück in Trance versetzt durch den Ort lief. Das erreichte den Höhepunkt, als er erfuhr, daß er Vater würde. Doch eines Tages lag auf dem Schreibtisch seines Büros ein anonymer Brief, der ihm zu verstehen gab, daß seine Frau ihm während seiner Abwesenheit untreu gewesen sei, und zwar verschiedene Male und mit verschiedenen Männern.

Empört zerriß Pino den Brief, ohne seiner Frau ein Wort über dessen Inhalt zu sagen. Nun fing er aber an, im Ort Anspielungen zu machen und halb ausgesprochene Fragen zu stellen, wobei er so tat, als sei ihm über die eheliche Untreue ganz allgemein während seiner Abwesenheit in Afrika etwas zu Ohren gekommen. Ein paar fielen darauf herein und bestätigten es. Andere verschlossen sich in Schweigen, wieder andere wechselten das Thema. Er meinte, wahnsinnig zu werden, doch nicht wegen der Untreue, sondern weil er in seinem Innersten die tiefe, echte Liebe seiner ahnungslosen Frau spürte. Schließlich redete er mit seinem engsten Freund darüber, indem er ihn plötzlich schroff angriff:

»Du bist doch auch mit meiner Frau zusammengewesen!«

»Ich nicht. Denn ich bin immer dein Freund gewesen. Aber eines ist sicher, gefehlt hat es ihr an nichts.«

»Aber wie kann sie mich dann so sehr lieben?«

»Weil du jetzt da bist, bei ihr bist, und das Geschlecht einer Frau hat weder Geschichte noch Erinnerung.«

Dann wurde Pino wieder einberufen. Aber vor seiner Abreise ging er zu einer Hure, von der man wußte, daß sie »infiziert« war, fing sich eine Geschlechtskrankheit ein und steckte seine Frau absichtlich damit an. Und seinem verdutzten Freund, der eine Erklärung für Pinos Verhalten haben wollte, sagte er: »Auf diese Weise ist ihr Geschlecht gezwungen, an mich zu denken.«

Mit Wagenbach nach Sizilien …

Sizilien und Palermo. Eine literarische Einladung
Das Land der blühenden Mandelbäume und der Märznächte,
die nach Sonne duften. Aber auch das Land der Mafia und der
Autobahn auf Stelzen. Und mittendrin die Stadt Palermo, die
heruntergekommene Barockschönheit voller Müll, Designerlä-
den und Juweliere; vorgestellt von sizilianischen Schriftstellern:
den großen des 20. Jahrhunderts und jungen Autoren.
Herausgegeben von Katharina Bürgi
SVLTO. Rotes Leinen. Fadengeheftet. 144 Seiten
mit Photographien von Enzo Sellerio

Andrea Camilleri
Der unschickliche Antrag   Roman

Ein höchst komischer Roman aus Sizilien über die Wirren,
Intrigen, Verhaftungen, Morde und Liebesdramen, die ein ein-
facher Antrag auf ein Telephon auslöst.
Aus dem Italienischen von Moshe Kahn
Quart*buch*. Gebunden. 280 Seiten

Andrea Camilleri
Die Mühlen des Herrn   Roman

Ein eifriger Inspekteur, eine schöne Witwe, ein sündiger Pfar-
rer und natürlich ein gerissener Mafioso: Jeder will etwas anderes, keiner entkommt den Mühlen des Herrn.
Aus dem Italienischen von Moshe Kahn
Quart*buch*. Gebunden. 224 Seiten

Andrea Camilleri
Der Hirtenkönig   Die schönsten Geschichten aus Sizilien

Aus bekannten und entlegenen Quellen hat Klaus Wagenbach
die schönsten Erzählungen zusammengestellt, die in die Welt
des vielgelesenen sizilianischen Schriftstellers einführen.
Zusammengestellt von Klaus Wagenbach.
SVLTO. Rotes Leinen. Fadengeheftet. 96 Seiten

Luigi Pirandello
Feuer ans Stroh   Sizilianische Novellen

Luigi Pirandello gehört mit Lampedusa und Sciascia zu den
bedeutendsten Erzählern der sizilianischen Literatur.
Dieser Band stellt die schönsten Geschichten Pirandellos über
seine Heimat und ihre Bewohner vor.
WAT 282. 240 Seiten

Luigi Pirandello
Mattia Pascal
Roman
Wer bin ich? Was ist Schein, was Wirklichkeit? Die phanta-
stische Geschichte der doppelten Existenz von Mattia Pascal ist
nicht nur der Anfang von Pirandellos großem Erfolg, sondern
steht auch am Beginn der modernen italienischen Literatur.
Aus dem Italienischen von Piero Rismondo
WAT 379. 288 Seiten

Leonardo Sciascia
Mein Sizilien
Wer Sizilien liebt: Hier ist sein Buch! Miniaturen über ›das Sizilianische‹, den sizilianischen Don Giovanni und eine unmögliche Hauptstadt, über Luftschlösser und die Schlösser des Leo-
pard, über die sizilianischen Küsten und die Dörfer am Ätna.
Aus dem Italienischen von Martina Kempter und Sigrid Vagt
SVLTO. Rotes Leinen. Fadengeheftet. 144 Seiten mit Photos

Leonardo Sciascia
Das weinfarbene Meer   Erzählungen
Die besten Erzählungen des sizilianischen Autors, von ihm
selbst ausgewählt: Frauen, Kinder und Narren stören den all-
gemeinen Landfrieden und die herkömmlichen Sitten.
Aus dem Italienischen von Sigrid Vagt
Quart*buch*. Leinen. 160 Seiten

Nach Italien!   Anleitung für eine glückliche Reise
»Eine intelligent zusammengestellte Anthologie, die auf zwang-
lose Weise das Belehrende eines Reiseführers mit dem Unter-
haltenden der Glosse und der literarischen Skizze verbindet –
so erscheint Italien in einer erstaunlichen Anzahl von Facet-
ten.« NEUE ZÜRCHER ZEITUNG
Herausgegeben von Klaus Wagenbach
SVLTO. Rotes Leinen. Fadengeheftet. 144 Seiten mit vielen Abb.

Wenn Sie mehr über den Verlag und seine Bücher wissen möchten,
schreiben Sie uns eine Postkarte (mit Anschrift und ggf. E-Mail). Wir
verschicken immer im Herbst die *Zwiebel*, unseren Westentaschenalm-
anach mit Gesamtverzeichnis, Lesetexten aus den Büchern und Photos.
Kostenlos!
Verlag Klaus Wagenbach   Emser Straße 40/41   10719 Berlin
www.wagenbach.de

Fliegenspiel erschien 2000 als 91. *SALTO*.

Die italienische Originalausgabe erschien 1995 unter dem Titel
Il gioco della mosca bei Sellerio editore in Palermo.

3. Auflage im Frühjahr 2010

© 1995 Sellerio editore, via Siracusa 50, Palermo
© 2000 für die deutsche Ausgabe:
Verlag Klaus Wagenbach, Emser Straße 40/41, 10719 Berlin.
Einbandgestaltung Julie August. Gesetzt aus der Galliard von
der Offizin Götz Gorissen, Berlin.
Gedruckt auf chlor- und säurefreiem Papier (Schleipen) und ge-
bunden bei Kösel, Krugzell. Leinen von Ernstmeier, Herford.
Printed in Germany. Alle Rechte vorbehalten.
Umschlagphoto: *Gangi 1973* © Enzo Sellerio.

ISBN 978 3 8031 1190 6